숙제, 이번 생에 해내리

숙제
이번 생에 해내리

|글·정과|

클리어마인드
CLEARMIND

이번 생에 해내리

　정진에 오래 몰두한 스님들이 책 제목(부제로 처리된, 이번 생에 해내리)을 대하고 정신이 번쩍 들어 이 공부에 더욱 몰입해 크게 한 소식 했으면 좋겠다.

　열심히 수행해 수면 바로 밑에까지 이르렀으나 수면 위로 오르기 위한 마지막 힘이 부족해 다소 주춤해 있는 이들은 "뭐야. 시원찮은 정과도 이 정도 생각으로 사는데 내가 그 시원찮은 정과만도 못해서야 되겠는가." 하고 한바탕 분심을 내 정진해 마침내 연봉오리가 수면 위로 모습을 드러내고 활짝 꽃을 피우듯이 도인이 여기저기서 툭툭 튀어 나왔으면 한다.

　이 공부에 뜻을 두고 이 길을 가고 있지만 아직 가닥을 잡지 못한 젊은 수행자들은 이 공부 길을 가는 게 결코 허망한 일이 아님을 다시금 굳게 믿고 힘써 수행할 수 있다면 그 또한 얼마나 고마운 일일까.

　언젠가 그런 말을 들은 적이 있다.

　"사람들이 모두 미쳐 있는 거 같아요. 관심사 하는 얘기가 온통 재테크라는 수단으로 부자 되는 일, 잘 먹고 사는 일, 나이 보다 젊게 보이려는 일 등 뿐이에요. 사람 사는 게 그게 다인 건 아닐 텐데."

　서점에도 그런 책들이 진열대의 주요부분을 거의 차지하고 있다. 그 흐름을 누가 막으랴. 막으려고 기를 쓸 일도 아니다. 그것대로 시대의 현실이니 인정할 일이다. 다만 그것이 전부는 아니었으면 한다.

우리보다 영적으로 많이 앞서 있는 집단 존재가 있어, 인간의 삶이 궁금해 그 한 면을 보고자 우리 시대의 책들을 살펴보니 재테크로 재산 불리는 법, 잘 먹고 사는 일 등등의 이야기만 즐비하다면 피차 얼마나 민망스러울까.

물론 서점에 그런 책들만 있는 건 아니며 위에 언급한 류의 책들을 몰아내려 할 일도 아니다. 다만 균형을 맞추었으면 하는 것이다. 내가 지금 무얼 하며 살고 있는 건지, 내가 가고 있는 이 길이 어디로 향하고 있는지, 나는 누구인지 등을 이야기 하는 책들도 든든한 한 자리를 확보하고 있으면 하는 것이다. 이 책이 그 한 버팀목이 되었으면 좋겠다.

이 책의 본문에서도 잠시 인용했지만, 말년의 토인비에게 누가 물었다. 20세기에 있었던 일 중에서 가장 주목할 만한 일 하나를 꼽으라면 당신은 무얼 꼽겠느냐고. 어느 한 지역이나 민족, 한 국가에 한정된 역사 연구가 아닌, 인류 전체 전 지역을 아우르는 방대한 인류의 역사를 연구해 '역사의 연구' 라는 걸출한 저서를 남긴 역사학계의 거두 토인비는 불교가 서양에 전해진 일이라고 대답했다 한다.

서양 세계가 인간에 관한 고찰이라시며 낑낑댄 끝에 자랑스러운 성과로 내놓은 게 기껏 '나는 생각한다. 고로 나는 존재한다.' 이다.

그러나 불교 특히 선불교는 곧바로 물으며 대답을 요구한다. 생각하는 그 놈은 누구인가? 무엇인가? 나는 존재한다고 말하는 그것은 누구인가? 무엇인가? 이렇게 묻고 들어갈 때 그 개인, 사회 나아가 인류에게 다른 모든 변화를 단연 압도하는 혁명적 변화가 일어난다. 토인비는 그것을 어렴풋이 내다보고 그런 대답을 한 게 아닐까.

제대로만 묻고 들어간다면 이제껏 대부분의 사람들이 상상치도 못했던 어마어마한 일이 벌어진다. 누군가 이 책을 주의 깊게 읽는 이 중에 이 어마어마한 일을 눈치 채는 이가 혹시 생기려나.

책머리의 글답지 않게 이야기가 너무 거창해졌다.

수행이라는 단어가 주는 딱딱한 별스러움 때문에 그런 선입견이 생겼겠지만 수행은 특정집단, 특정한 이들만의 전유물이 결코 아니다. 폭력과 증오, 투쟁, 원망, 미움을 그치고 싶은 게 어찌 특정인들만의 마음이랴.

삶의 불안, 우수, 고뇌, 슬픔, 고통으로부터의 해방이 어찌 특정인들만의 일이겠는가. 그뿐인가. 사람이 죽으면 어떻게 되는지? 죽음 이후의 세계는 어떠한지? 어떤 대비가 필요한지? 이런 일들에 대해 관심을 갖고 온 인생을 던져가며 애쓴 끝에 답을 찾아낸 이들, 진리에 눈 뜬 이들이 인류사에 있다. 그 거대한 흐름, 금강석 같은 가르침들. 이 책은 그 가르침에 근거해 쓰였다.

책을 내기로 결정해주신 클리어마인드 출판사 측에 감사드린다.

감사의 마음을 전할 데가 또 있다. 2005년 양양 지역을 휩쓴 대형 산불로 도량 거의가 잿더미가 됐던 천년고찰 낙산사. 그 이후의 복원불사로 옛 모습을 많이 찾아가는 낙산사에서 올봄 두 달 반 정도를 지내며 이 책의 글들을 썼다.

거기서 지내며 정념 주지스님에게 몇 번 들은 말이 있다. 죄인 된 심정으로 살고 있으며, 불타기 이전 모습, 아니 그 보다 더 나은 도량으로 복원해 국민에게 돌려드리겠다는 원력으로 일에 임하고 있다는.

복원해 국민에게 돌려드리겠다는 마음으로 일한다는 말이 특히 마음에 와

닿았다. 주지스님의 그 말이 사람들의 심금을 울려, 주지스님의 그 마음이 사람들에게 전해져 그 많은 사람들이 십시일반으로 불사 동참금을 내고 불사가 그만큼이나마 이루어진 게 아닐까 싶다.

많은 불사가 이루어졌지만 아직도 할 일이 많은 낙산사에서 지내는 동안, 나는 하루 밥 세 끼 때는 어김없이 모습을 드러내면서 그 외의 시간엔 근처 바닷가나 산길을 어정거리거나 그렇지 않으면 방에 처박혀 지냈다. 주지스님 말고는 다른 스님들은 내가 무얼하며 지내는지 몰랐다.

기도, 각자의 소임, 잦은 행사, 계속되는 복원불사 등 모두가 일로 바쁜 그곳에서 그렇게 지내는 이 사람을 자비의 마음으로 수용해 주신 정념 주지스님과 그곳 열 몇 분의 스님들께 감사드린다.

세간에 몸담고 생업에 종사하면서도 이 일에 뜻을 두고 수행하는 분들이 적지 않은 것으로 알고 있다. 그분들은 명색이 출가 수행자인 우리들보다 훨씬 불리한 여건 속에서도 수행의 길을 가고 있는 것이다. 그분들에게 도움이 되는 책이었으면 하는 바람이다.

어떤 구체적인 수행은 하지 않지만 인간에 관한 몇 가지 근원적인 의문을 가슴에 품고 그 답을 찾는 이들에게도 보탬이 되는 글이라면 좋겠다. 그리고 아무도 대신해 줄 수 없으며, 끝내는 누구나 마주치게 될 수밖에 없는 이 일에 대해 생각조차 않고 살아온 이들에겐 그들의 잠든 혼을 흔들어 깨우는 도발이고자 한다.

2553(2009)년 초여름
도봉산 망월사 선원에서

정과 합장

7

어떤 구체적인 수행은 하지 않지만 인간에 관한 몇 가지 근원적인 의문을 가슴에 품고 그 답을 찾는 이들에게도 보탬이 되는 글이라면 좋겠다.

그리고 아무도 대신해 줄 수 없으며, 끝내는 누구나 마주치게 될 수밖에 없는 이 일에 대해 생각조차 않고 살아온 이들에겐 그들의 잠든 혼을 흔들어 깨우는 도발이고자 한다.

눅제

정과 스님의 수행 이야기

1 대체 그게 뭐였을까

오대산.

이곳저곳의 봉우리에서 시작된 단풍이 어느새 산 중턱까지 내려온 가을 어느 날이었다. 결제 때면 20여 명이 지내는 선원 큰방에 혼자 앉아 화두와 씨름하던 중, 어떤 상태를 체험했다. 아니, 어떤 상태가 되었다.

그런 게 언제부터 있었는지, 어디까지 미치는 크기인지도 가늠되지 않는 '어떤 것'이 인식되었다. 내가 그 '어떤 것'이었다.

그 '어떤 것'은 내가 지금까지 살아오는 동안 겪었던 모든 고통, 슬픔, 좌절, 절망 또는 기쁨, 즐거움 따위와는 전혀 무관한 어떤 것이었다. 심지어 내 인생에서 가장 견디기 힘든 시기였던 20대 때의 그 많은 번민들, 아픔들, 숨 쉬는 것조차 힘들던 가슴앓이. 그런 것들과도 무관했다.

그 많은 감정들은 '그것'에서 나온 것도 아니요 '그것'과는 실 한 오라기로도 연결되어 있지 않으며, 그런 희로애락이 있었다는 흔적조차도 없는 생판 별개의 것이었다.

세상에! 아직도 기억이 선명한 그때의 그 감정들이 '이것'과는 아예 무관한 것이라니. 도대체 이건 언제부터 이런 상태로 있어온 걸까? 크기가 얼마나 되는 걸까? 여기에단 도무지 이런 개념들(언제부터 있었는지, 크기가 얼마만 한지)을 갖다 붙여볼 수가 없구나. 이게 뭘까?

그리고는 그 상태가 끝났다. 아주 짧은 시간이었다. 채 일분도 안 될 것 같은. 조금 열려 있는 문틈으로 빠르게 지나가는 밖의 어떤 걸 본 느낌이었다.

그 상태는 올 때 아무런 징조도 없이 와, 홀연히 그렇게 되었으며 사라지는 것 또한 그러해 홀연히 끝났다. 올 때와 갈 때 모두 서서히 라든가 어떤 예감, 징후 따위는 눈곱만큼도 없었다. 대체 뭐였을까? 내가 방금 체험한 그 상태, 그것은.

그나저나 놀랍구나. 내 살아오면서의 모든 희로애락의 감정들이 '그것'과는 아무런 연관이 없는 것이었다니. 그런 감정들 뿐만이 아니었다. '그것'에다는 그 어떤 생각, 관념도 들이댈 수가 없었다. 그런 게 있다니. 대체 그게 뭐였을까? 화두 의심을 지어가려고 애는 쓰고 있었지만 화두가 순일하지도, 의심이 되지도 않던 중에 홀연 그런 상태가 되었다. 내가 무얼 본걸까?

내가 체험한 '그것'은 한마디로, 이제까지의 나와는 전혀 다른 어떤 나, 어떤 존재였다. 심지어 뭐라 이름할 수도 없는. 하지만 그 이상은 아무 것도 알 수 없었다. 어떤 과정을 밟아 그 상태에 들어선 것이 아니므로 다시 그렇게 되고자 해도 길이 없었다.

2 그 체험이 있은 며칠 뒤

그 체험이 있은 며칠 뒤, 한 스님과 산길을 걸었다. 우리가 머물고 있는 사찰의 반대편 매표소에서부터 걷기 시작해 홍천과 평창의 경계인 두로령을 지나 상원사로 돌아오는 5시간짜리 산행길이었다.

차가 다닐 수 있는 널찍한 길이지만 환경단체의 반대로 포장이 안 되어 차량 통행이 거의 없는 길. 산자락을 따라 몇 번이고 굽이굽이 휘어져 돌아가는 길. 매표소까지는 차를 가진 한 스님이 태워다주었다.

다른 데보다 유난히 붉고 선명한 계곡의 단풍을 보고, 겹겹이 늘어선 산줄기들을 건너다보기도 하고, 시야가 트인 곳에서는 저 멀리 방금 지나온 길들을 내려다보기도 하면서 걷다가, 선원에 거의 도착할 때쯤 해서 그 얘길 해봤다.

"내가 정진 중에 어떤 체험을 했는데 말입니다."

"······?"

"어떤 게 인식됐는데 크기도 모양도 빛깔도 어떻다고 말할 수 없고, 이게 언제부터 있었는지도 알 수 없고. 더욱 놀라운 건, 한 때나마 나를 몹시도 힘들게 했던 여러 감정들, 이를테면 슬픔, 고통, 분노, 욕망 등등과는 전혀 무관한 어떤 거였어요. 그런 것들로 해서 손상되거나 오염될 수 없는 어떤 거더라니까요."

그것을 설명하거나 정의할만한 어떤 용어나 표현도 없었다. 그런 식으로만 더듬거리며 말할 수 있을 뿐이었다. 그러나 그 스님은 듣자마자 대꾸했다.

"그거 자성(自性)을 두고 하는 말인데요. 자성을 봤다는 겁니까? 스님이?"

그 즉각적인 반응에 오히려 내가 놀라 움츠러들었다. 무언가 보이지 말아야 할 것을 들킨 것처럼 가슴이 뜨끔했다.

"아니에요. 내가 무슨……. 자성을 봤다는 건 깨달음의 경지에 들어섰다는 건데 내가 어찌 깨달았노라고 말할 수 있겠어요."

"도인은 갈수록 자취가 끊기고, 엉뚱한 걸 붙잡고 공부로 아는 이들은 늘어 가고……."

다행히도 그 스님은 내 말을 더 이상 물고 늘어지지 않고 그런 혼잣말을 했다.

이 공부하다가 전에 없던 어떤 체험을 하고는 거기에 미쳐 그릇된 길로 빠져버린 사람들의 이야기가 절집에는 적지 않다.

선종의 수행자들은 수행을 망치고 자기를 망치며 남들까지도 망치게 하는 그런데 빠지지 말라고 누누이 배운다. 선배 수행자들의 일화를 통해, 그 길을 거쳐 간 수많은 수행자들의 가르침을 통해 수행

17

중에 경험하게 되는 어떤 현상, 맞닥뜨리게 되는 어떤 경계에 결코 현혹되지 말라는 것이다.

설사 나타난 그것이 부처나 보살이라 할지라도 미쳐서 끌려가지 말아야 한다. 많은 경우, 그것은 자기가 지어낸 생각이나 욕망, 더 깊이는 잠재의식이 빚어낸 헛것에 끌려가는 것일 수 있으므로. 그 극단적인 실례 하나.

한 수행자가 열심히 정진했다. 그럴수록 아득하게만 느껴지는 깨달음. 더욱 자신을 몰아쳐 가는 수행자. 자나 깨나 앉으나 서나 견성, 깨달음의 성취 그 한생각뿐이었는지 어느 순간 허공중에 무엇인가가 나타났다. 나타난 그것은 자신을 관세음보살이라고 하면서 수행자에게 말했다.

"너의 수행이 갸륵하구나! 허나 너에겐 아직 색심이 남아있어 깨달음에 이르지 못하는 것이니, 색심을 끊어내라. 너의 성기를 잘라라."

그 비구 수행자는 칼을 찾아들고 바지를 내린 뒤 자신의 살을 도려냈다. 격심한 통증. 그 통증에 정신이 들어 둘러보니 관세음보살은 간 곳이 없고 잘려나간 자신의 살점과 피칠갑이 된 아랫도리뿐이었다.

그러므로 선 수행자는 수행 중에 경험하게 되는 현상들에 대해 경계한다. 자기의 욕구나 잠재의식이 만들어내는 어떤 현상은 말할 것도 없거니와, 수행이 정상적으로 진보하고 있는 중에 나타날 수 있는 현상들에 대해서도 마음을 빼앗기지 말아야 한다. 그러한 현상들은 차를 타고 목표지점을 향해 가는 중에 차창 밖에 보이는 풍경과 같은 것일 뿐이다. 그 풍경에 마음을 빼앗겨 차에서 내려 그 풍경을 향해 간다면 어찌 되겠는가. 또 하나의 실제 예. 지금도 생존해 있는 어느 스님의 이야기.

젊은 시절에 열심히 정진했다. 마음을 오롯이 해서 일념으로 밀어 붙이는 시간이 많아지면서 선정에 드는 시간도 점점 길어졌다. 그러던 어느 한 순간, 눈앞에 펼쳐지는 장면이 있었다. 산 아래 마을의 어느 집 풍경이었다. 학교를 가야 하는 초등학생 사내애가 학교에 내야 할 돈을 엄마에게 조르고 있었다. 엄마는 오늘은 없으니 그냥 가고 다음에 주겠노라고 아이를 달랬다. 선생님에게 야단맞는다며 계속 조르는 아이. 끝내는 매를 들고 아이를 쫓아 보내는 엄마. 울며 쫓겨 가는 아이. 주고받는 말까지도 또렷이 들렸다.

사람을 지나치노라면 그의 몸 상태가 훤하게 읽혔다. 어디가 잘못 되어 있는지, 본인도 모르는 어떤 병이 침범해 있는지가 보였다. 손 가는대로 쥐어준 풀이며 나무를 달여 먹고 병이 낫는 사람들이 생겨 났다.

젊은 스님은 내심 우쭐했다고 한다. 자신의 공부 정도를 자랑하고 싶어 수행이 깊다고 회자되는 한 스님을 찾아갔다. 얘기가 다 끝나기도 전에 그 스님은 소리 소리쳤다고 한다.

"어디서 이런 마구니 새끼가 왔구나. 세상에 해를 끼치기 전에 내 당장 때려죽여야 하리."

그리고 또 말했다고 한다.

"다시는 그런 짓 하지 말거라. 재미로 여겨서도 안 된다. 절대 빠지지 마라. 이제부터 어디 다른 데 가지 말고 여기서 3년 공부해라. 죽기 살기로 애써 거기서 벗어나라."

다행히도 젊은 스님은 그분의 말씀을 따라 거기서 지내면서 그 경계를 물리칠 수 있었다고 한다.

선 수행자는 자신의 공부를 지도해줄 수 있을만한 이에게라면 모를까, 수행 중의 체험을 옆의 사람에게 말하길 꺼린다. 헛된 경계에 현혹되어 있는 거라는 빈축의 대상이 될 수도 있고, 수행 과정에서의 정상적인 체험이라 할지라도, 작은 경계에 빠져 있는 자기를 보이는 일이므로 수행자들은 말을 아낀다. 같은 경험을 공유하지 않는 이와의 대화는 초점이 맞지 않는 불편함도 있다.

나도 다시는 그런 얘길 입 밖에 내지 않아야겠다는 생각을 했다. 자꾸 그걸 떠올리거나 다시 경험하고 싶어하는 것 자체가 이미 공부에서 벗어난 거다. 선원에 이르는 마지막 산굽이가 저만큼 보였다.

3 내가 자성을 봤구나!

그 일이 있고 두 달쯤이 지나 겨울 안거에 들어갔다. 해제 때 정진을 더 열심히 해야 한다며 애를 썼지만 별다른 진보는 없었다. 이따금 그때의 체험이 생각났지만 일부러라도 덮어두려고 노력했다. 활용하기에 따라서는 공부에 중대한 진전을 이룰 수 있는 경험이었다는 생각이 들기도 했지만 아직은 위험 요소가 더 많다는 생각이 강했다.

또 한철 결제를 시작했지만 정진에 진보는 여전히 없었다. 흡사 드넓은 늪 한 가운데 빠져 있다는 생각이 들었다. 한발 한발 옮기기도 힘거울 뿐더러 어느 방향으로 얼마를 더 가야 여길 벗어날 수 있는 건지도 캄캄했다.

이렇게 진흙 구덩이 속에서 헤어나지 못하고 허우적거리듯 하다가 또 한철을 끝내면 안 되지.

자극을 받기 위해, 분발심을 이끌어내기 위해 선사어록들을 보기로 했다. 답보 상태를 면치 못하고 있는 현재의 상태가 걱정스럽기 짝이 없고 불안한 마음을 가눌 길 없어 견딜 수가 없었다.

선가에는 결제 중엔 일체의 어록이나 경전을 보지 말라는 가르침이 있다. 오직 화두 하나만 의심해 가라는 것이다. 더욱이 경전이나 어록을 보면서 글줄이나 해석하고 뜻이나 따지면서 머리를 굴리게 되면 공부와는 십만 팔천 리나 멀어지기에 어록도 경전도 보지 말라고 하는 것이다.

그러나 나는 봐야 했다. 갈수록 쪼그라져드는 의지를 다시 일으켜 세우기 위해, 공부하기 위해, 살기 위해. 깨달음에 이르기까지의 선사들의 치열한 노력과, 정각을 이룬 그 많은 선사들의 이야기를 통해 나도 할 수 있다는 믿음을 얻기 위해.

둘 곳이 마땅치 않은 갖가지의 책을 둔 방에 이 스님 저 스님이 보다가 두고 간 것들까지 해서 책이 잡다하게 뒤섞여 있는 곳에서 먼저 임제록을 뽑아왔다. 산철에도 자주 들락거리던 방이며, 임제록도 그때 가져다 본 적이 있었다.

어록을 한 장 한 장 다 보는 것은 번거롭기도 하고, 골수만 추려내어 자주 읽고 싶다는 생각에 유난히 눈에 드는 글, 보는 이의 마음을 잡아끄는 글들을 복사해 얇은 책자로 묶었다. 그러고도 마음에 차지가 않아 다시 다른 어록들을 봐나갔다. 6조단경 · 마조록 · 백장록 · 전심법요 · 돈오입도요문론 등등.

그러면서 뭔가 나의 내부를 꿈틀거리게 하는 글들은 따로 적어나갔다. 임제록 부분 부분을 복사해 묶은 책자 뒷면을 활용해 거기에 적었다. 어느 것은 짤막한 한 문장이기도 했고 어느 것은 꽤 길게 이

어지는 글이기도 했다. 그렇게 옮겨 적은 글들을 몇 개 볼라치면,

다만 당장에 자기의 마음이 본래 부처임을 단박 깨달으면 될 뿐
이다. 한 법도 얻을 것이 없으며, 행도 닦을 것이 없으면 이것이
가장 으뜸가는 도이며 참으로 여여한 부처이다.

『황벽 스님 전심법요』

한생각도 나지 않는 곳에서 이 마음을 분명하게 깨닫는다.

『원오극근 원오심요』

바로 본다는 것은 일체의 색을 대함에 있어 물들거나 집착하지
아니함이니, 물들거나 집착하지 아니한다 함은 좋아하거나 싫어
하는 마음을 일으키지 않는 것을 말한다. 이것이 불안(佛眼)이다.

『대주혜해 돈오입도요문론』

그런가 하면 마조 스님의 이런 글,

도는 닦을 것이 없으니 물들지만 마라. 무엇을 물들음이라 하는
가. 생사심으로 무언가를 하려고 하면 모두가 물들음이다. 그 도
를 당장 알려고 하는가.
평상심이 도이다. 무엇을 평상심이라고 하는가. 조작이 없고 시

비가 없고 취사가 없고 단상(斷常)이 없으며, 범부와 성인이 없는
것이다.

는 내게 꼭 필요한 가르침이라고 여겨지는 것들로 몇 개 바꿔 외우
기로 했다. 그리하여

무엇을 평상심이라고 하는가. 시비, 미추, 증애, 취사, 범성이 없
는 것이다.

로 바꿔 적었다. 어떤 일에 부딪칠 때마다, 내색하지 않을 때일지
라도 마음속에서 시비 분별심이 솟았기 때문에 그걸 다스려 볼 욕심
에서였다.

이런 좋은 글들이 책 속에 파묻혀 있었다니. 이 금쪽같은 가르침들
이 있는지도 모르고 살았다니. 때론 가슴을 울렁거리게 하고 때론
자신도 모르게 전율이 일게 하는 그런 글들을 하나하나 옮겨 적으면
서 나는 탄복하고 감격했다. 몽땅 외우자. 내 것이 되게 하자. 그대로
실천하며 살게 하자. 나를 밑바닥부터 바꾸자. 그리하여 끝내는 정각
을 이루게 하자.

그렇듯 눈에 번쩍 번쩍 뜨이는 글들을 하나하나 옮기던 중, 어느 글
을 읽고 나는 까무러칠 듯이 놀랐다.

신령스런 깨달음의 성품은 시작조차 없는 옛날로부터 허공과 수명이 같아서 한 번도 생기거나 없어진 적이 없으며, 있은 적도 사라진 적도 없다. 더럽거나 깨끗한 적도, 시끄럽거나 고요한 적도 없고, 젊지도 늙지도 않으며, 방위와 처소도 없고, 안팎의 구분도 없다. 또한 갯수로 셀 수량이나 형상, 색상, 소리도 없다. 그러므로 찾으려야 찾을 수 없고, 지혜로써 알 수도 없으며, 말로 표현할 수 없으며, 경계인 사물을 통해서 이해할 수도 없고, 또한 힘써 공부한다고 해도 다다를 수 없다. 모든 불보살과 일체의 꿈틀거리는 벌레까지라도 똑같이 지닌 대열반의 성품이다."

아아! 이 글은 내가 체험한 '그것'을 설명하는 글이지 않은가. 한눈에 '그것'을 말하는 글임을 알 수 있었다.

이게, 이 글이, 내가 그때 본 게 진정 자성이었단 말인가! 황벽 스님의 전심법요에 나오는 글이었다.

뭔가 획기적인 일일 수도 있는 경험을 한 거라는 생각이 떠나진 않지만 더는 알 수가 없어 더욱 답답하고 매양 아쉬우며 못내 잊히지 않더니, 그게 자성을 체험한 거였단 말인가. 이럴 수가!

황벽 스님의 그 글, 그런 류의 글을 처음 본 건 아니었다. 이런 저런 책에서 수도 없이 보았을 터였다. 보았으되 알 수 없는 무미건조한 글이었기에 보고도 모르고 넘어갔을 터였다. 그러던 것이 비록 지극히 짧은 한순간의 일이었지만 체험이 있고 나니 '그것'을 말하고 있음을 대번에 알게 된 것이다.

　나는 전율 또 전율했다. 그래, 내가 자성을 봤구나. 비록 한순간의 일이지만 그토록 찾아 헤매던, 갈구하던 그걸 봤구나. 출가 수행자가 가슴에 품은 단 하나의 목표, 깨달음. 그 언저리에서 봤구나.

4 새로운 난관

어설프게나마 자성을 한 차례 봤다는, '이것'이 있음을 믿고 나도 해낼 수 있겠다는 들뜬 마음도 잠시, 나는 이내 새로운 난관에 부딪쳤다.

내가 하는 화두는 '이뭣고' 였다. '이것이 무엇인가?'의 준말. 아침에 눈떠 밤에 잠자리에 들기까지, 종일 이 몸뚱이를 끌고 다니는 주체 그것은 무엇인가? 하루에도 수없이 많은 생각을 내는가 하면, 웃고 좋아하고 화내고 슬퍼하고 미워하고 다투는 이놈이 대체 무엇일까? 내 안에 뭐가 있어 그런 일들이 가능한가? 나는 누구인가? 무엇인가?

나라고 할 대상이 아직 분명치 않아 '나'라는 용어를 쓸 수 없다면 '이것'이 무엇인가? 그게 '이뭣고' 였다.

그런데 '이것'을 보고, '이것'이 있음을 안 것이다. 그래놓으니 '이뭣고?' 화두를 할 때 의심이 되지가 않았다. 도무지 의심이 일지 않는 화두를 붙잡고 있어야 하는 일. 그것은 크나큰 위기였다. 이걸 어찌해야 하는가. 공부가 깊은 어느 회상의 조실스님에게라도 물어

이를 극복해야 하는데…….

결제 중이라 산문을 나설 수도 없었다. 석 달 공부는 이제 시작일 뿐인데. 남은 기간이 아직 70일도 더 되는데.

궁리를 하던 중, 문득 한 스님이 떠올랐다. 10년도 훨씬 더 된 오래 전, 결제 한철을 같이 지낸 스님이었다. 정해진 정진시간 외에도 늘 큰방에 혼자 남아 정진하던 스님. 그 모습이 참으로 진지했다. 그저 한 때의 불뚝 신심으로 용이나 쓰고 있는 것이 아닌, 뭔가 속 살림살이가 있는 이로 보였다.

보름마다 있는 삭발일, 산행을 나서는 그 스님을 보고 따라붙었다. 그리고 물가에서 잠시 쉬게 되었을 때 물었다.

"정진하시는 모습이 그냥 앉아 있는 것 같진 않습니다. 난 공부도 안 되고 할 줄도 몰라 속만 타고 있는데, 스님의 공부 이야기 좀 듣고 싶습니다."

몇 번을 완곡히 사양하던 그 스님은 마침내 속이야기를 꺼냈다.

'지난 날, 무(無)자 화두를 들고 애쓰던 때가 있었다. 화두가 점점 순일해지고, 의정이 생기고, 의단이 형성되고 그러면서 저 깊은 곳에서 분심이 솟구쳐 올랐다.

'그래. 그들도 해냈는데 나라고 못할쏘냐. 여태 이걸 해내지 못하고 허송세월 했구나. 그들도 인간, 나도 인간. 내 기필코 이번 참에 끝장을 내고 말리라.' 그런 분심으로 정진에 몰두해 가는데, 그 씩씩 거리는 거친 호흡이 옆에 스님에게 들리는가 싶어 여간 조심스럽지가 않았다. 그만큼 분심이 치솟았다.

그러다가 어느 순간, 통 밑이 쑥 빠지는 듯하면서 말할 수 없이 시원해졌다. 일체의 의심이 눈 녹듯이 사라지고 모든 게 알아졌다. 막히는 게 없었다. 더 바라는 바도 없었다. 자신이 마침내 깨달았다고 생각했다. 그때부터 유유자적하게 살았다.

그렇게 산지가 얼마나 되었을까. 차츰 통 밑이 빠지는 것 같던 때의 그 경지가 옅어지는 듯하더니 종내에는 그 이전과 똑같은 상태가 돼버리고 말았다. 막힘이 없던 일들, 알았던 것들이 다시 깜깜해졌다.'

몇 년 전의 일이라고 했다. 그게 아쉬워 다시 그때를 회복하고 싶어 이렇게 애를 쓰지만 잘 안 된다는 말을 그때 그 스님은 했다. 마침 그 스님이 여기서 멀지 않은 곳에 살고 있었다. 그래. 그 스님에게라도 묻고 탁마를 받자.

삭발일에 그 스님과 마주 앉았다. 미리 간다고 전갈을 해둔 상태였다. 내 지금의 상황을 간략히 밝히고 탁마를 부탁한다고 말했다. 스님은 당시 자신이 공부를 지어가던 상황을 좀 더 소상히 들려주었다.

"화두 하나뿐이었습니다. 나도 없고, 온통 의심 덩어리 하나뿐. 그러다가 통 밑이 쑥 빠지듯 했던 거죠."

"대단하십니다. 거기까지 이르는 데만도 얼마나 많은 피나는 노력

29

이 있어야 하는데."

"……."

"그런데, 그 뒤에 제방의 조실스님들을 찾아다녀 봤습니까?"

"아니요."

"왜요? 반드시 선지식을 찾아뵙고 점검을 받아야 한다고 하지 않습니까."

"의심되는 게 없었습니다. 묻고 싶은 게 없고 더 이상 알아야 할 것도, 확인받아야 할 것도 없어 그럴 필요를 못 느꼈으니까요."

"아깝습니다. 그래도 반드시 명안종사를 찾아 점검을 받고 인가를 받으라고 거듭 당부해 놓지 않았던가요."

"그럴 필요를 못 느꼈으니까요."

"아깝습니다. 그때 제대로 된 선지식을 찾아뵙고 점검과 인가를 받았더라면 명안종사 하나 탄생했을지도 모르는 일이었는데요."

나는 정말로 그게 아까웠다. 이 스님 개인적으로도 엄청난 손실이지만, 요즘같이 선지식에 목말라 하는 시대에 제대로 된 점검과 인가를 거쳐 명실상부한 선지식으로 새롭게 났더라면 얼마나 좋은 스승 역할을 할 것인가.

"두어 군데 다녀보긴 했습니다."

그 얘긴 처음 듣는 말이었다.

"그래요? 누굴 찾아뵈었습니까?"

그러나 실망스럽게도 당시에 찾아뵈었다는 이들은 이른바 큰스님,

선지식 축에는 들지 못하는, 중진 정도로 분류되던 두 명의 스님이었다. 이 스님이 왜 세간에서 말해지는 큰스님들을 마다하고 거길 갔는지는 알 것 같았다.

"그분들의 말씀은 어땠습니까?"

"견해가 다르더군요."

"……!"

견해가 다르다는 말. 한마디로 서로의 공부 정도가 달라 저쪽은 이쪽을 인정하지 않고, 이쪽은 이쪽대로 자신의 말을 못 알아듣는 상대를 인정할 수 없는 것이다. 선가에는 그런 일들이 얼마나 많은가.

"제가 그런 작은 체험이 있고난 뒤, 황벽 스님의 어록을 보다가 이런 글을 읽었습니다. 출처는 열반경인걸로 압니다만. 마치 힘센 장사가 자기 이마에 보배 구슬이 있는 줄 모르고 밖으로 찾아 온 시방 세계를 두루 다니며 찾아도 끝내 얻지 못하다가, 지혜로운 이가 그것을 가르쳐주면 본래 구슬은 예와 다름이 없음을 보는 것과 같다는. 많은 세월을 거친 노력은 모두 헛된 수행으로, 장사가 구슬을 얻은 것은 자기가 본래부터 갖고 있던 구슬을 얻은 것일 뿐, 밖으로 찾아 다녔던 노력과는 상관이 없는 것과 마찬가지라는 내용이었습니다. 이 말을 어떻게 이해하십니까?"

"……."

"제가 이걸 묻는 까닭은, 당시 제가 화두 들려고 애는 쓰고 있었지만 되지도 않고, 의심도 일지 않던 상태였습니다. 선정에 들었던 건 더욱 아니고요. 그냥 단박에, 아무런 사전 징후도 없이 말 그대로 홀연히 그걸 봤습니다. 아직까지도 그게 궁금합니다. 화두일념도, 선정에 든 것도 아닌 상태에서 문득 그럴 수 있는 건지. 정말로 장사가 구슬을 얻은 것은 노력과는 상관 없듯이, 이 공부도 수행 노력과는 상관 없는 건지. 황벽 스님은 그 장사와 구슬의 예를 들면서 오직 무심해질 것을 강조하더군요."

"……"

"……"

"거듭 말씀드리지만, 그 일이 있고부터 '이뭣고' 의심이 안 됩니다. 그전이라고 해서 의심이 잘됐던 건 아니지만 그래도 하려고 애를 썼는데. 이젠 애쓰는 일조차 안 됩니다."

"……"

"……"

"화두를 '무' 자로 바꿔보시죠."

5 망상 분별을 내지 않으면
남도 없고 나도 없으며

　답답한 내 상태에 뭔가 도움을 주고 싶어 하는 그 스님의 마음은 고맙게 받아들이되 화두는 바꾸지 않기로 했다. 화두에 문제가 있어 생긴 일이 아니라는 판단에서였다.

　한동안 망설여지긴 했다. 내 체험과는 성격이 다르지만, 나보다 훨씬 높은 경지를 밟아본 이다. 나보다 앞선 이라 할 수 있는데, 내가 그 조언을 받아들이지 않고 있구나. 어리석게도 내가 아상을 못 버려서인가. 이 공부에 아상이 얼마나 큰 장애인지는 내가 잘 알고 있지 않은가.

　나는 지금 중대한 갈림길에 서 있는가? 한쪽은 낯선 길. 그러나 그리로 가야 한다고 말해지는. 다른 한쪽은 익숙한 길, 가고 싶은 길. 허나 문제가 있어 보이니 가지 말라고 하는. 익숙한가 낯선가는 선택의 기준이 될 수 없다. 어느 길이 공부에 이익이 되는 바른 길이냐의 문제이다. 지금 여기서 삐끗하면 점점 사이가 벌어지다가 끝내는 영영 어긋나버리는 건 아닐까.

그 스님이 밟아간 길은 나와도 다르다. 나와 같은 경험을 한 사람이 해준 말이 아니야. 속에서 그런 목소리가 올라왔다. 그러면서 불안했다. 이런 저런 구실을 끌어다대며 '이뭣고' 화두를 포기하지 않으려는 자신의 모습이 보이면서 불안감은 더 했다.

하지만 끝내 화두는 바꾸지 않기로 했다. 아무리 생각해도 화두로 인해 생겨난 문제는 아니었다. 한 이틀 그렇게 갈팡질팡하며 고민을 하다가 입장을 정리했다. 오직 이 하나의 화두에 몰입하라. 바꾸려면 지금 하는 화두의 끝을 본 뒤, 그때 버리고 다른 걸 택하라. 역경을 뛰어넘고 해내라. 해내고자 하는 이에게 역경은 역경이 아니다.

요동치던 며칠을 그렇게 보내고 다시 일상을 회복했다. 화두는 여전히 매가리가 없고 나는 어록의 말들을 옮겨 적어 그걸 외우고 다니는 일에 더 열중했다. 앉으나 서나 가나오나 화두뿐이어야 한다는 건 알고 있지만 어록의 가르침들이 너무 나를 잡아끌고 있었다.

망념을 일으키지 않는 그 자리가 깨치는 자리이다. 『황벽 스님』

무엇이 대승도에 들어 단박에 깨치는 요법입니까?
모든 인연을 쉬고 만사를 그만 두라.
선 · 불선(善 · 不善) 세간 · 출세간, 일체의 모든 법 을 다 놓아버리고
기억하거나 반연하거나 생각하지 마라.
몸과 마음을 놓아버려 완전히 자유로워야 한다.

마음을 목석같이 하여 입 놀릴 곳이 없고 마음 갈 곳이 없어야 하
니, 마음이 텅 비면 지혜는 절로 나타난다. 『백장 스님』

어찌해야 자유로운 분수를 얻을 수 있겠습니까?
5욕 8풍을 마주하더라도 갖거나 버릴 마음이 없고
간탐, 질투, 탐애 등 아소(我所)의 마음이 다 하고
더러움과 청정함을 함께 잊어
마음마다 흙덩이나 나무토막, 돌같이 되게 하고
생각마다 머리에 붙은 불을 끄듯이 하라. 『백장 스님』

이런 글들이 너무도 좋았다. 아아! 명색이 출가 수행자라고 하면서
나는 이런 글들이, 이런 가르침이 있는지도 모르고 살았구나. 그런
글들을 찾아낼 때마다, 그런 가르침과 마주할 때마다 말 그대로 살이
떨렸다. 그렇게 찾아내어 옮겨 적은 글들이 30여 개가 넘었다.
그 글들을 외어 읊조리며 산길을 걸었다. 글 하나 하나가 내 정신
을 씻어 내리는 것 같았다. 방선시간이면 그렇게 산으로 쏘다니며
외운 글들을 읊조리던 중, 황벽 스님의 다소 긴 글에서 그만 덜컥 의
심이 걸리고 말았다.

마음이 곧 부처이다.
깨달음이란 수행을 빌려서 되는 것이 아니요

다만 지금의 자기 마음을 알아

자기의 본래 성품을 보는 것이니

결코 달리 구하지 말라.

어떻게 자기의 마음을 아는가?

지금 말하는 것이 바로 너의 마음이니라.

그 마음이 무심하기만 하면

모든 반연은 단박에 쉬게 되며

망상 분별을 내지 않으면

남도 없고 나도 없으며.

욕심과 성냄도, 밉고 고움도, 이기고 짐도 없느니라.

일체의 망상을 없애면

자성은 본래 청정한 것이니

곧 깨달아 부처와 나란히 되는 것이다.

뜻하지 않게도 의심이 생긴 대목은 '망상 분별을 내지 않으면 남도
없고 나도 없으며'에서였다. 남도 없으며 나도 없다니? 내가 있어 시
비 분별도 하고, 미워하고 좋아하고, 욕심내고 성내는 거 아닌가. 시
비 분별하다 보니 내가 서는 게 아니라, 내가 있어 시비 분별 등 갖가
지 망상 분별이 생겨나는 거 아닐까?

내가 망상 분별을 하는 줄 아는데, 망상 분별을 하는 탓에 내가 있
는 거라니. 거듭 음미해 보았다. 망상 분별을 내지 않으면 남도 없고

나도 없으며. 명백히 망상 분별을 하는 까닭에 남도 나도 있다는 뜻의 문장이었다.

알 수가 없구나. 먼저 내가 있어 그 뒤에 망상 분별을 하는 거 아닌가. 그런데 거꾸로 망상 분별이 먼저이고 그 다음에 내가 있는 거라니. 망상 분별을 내지 않으면 남도 없고 나도 없으며…….

어떤 교설이 불교인지 아닌지를 판가름하는 세 가지 기준인 삼법인. 제행무상 제법무아 일체개고. 무아, 나라는 건 없다. 그걸 모르는 건 아니었다. 말로만 알고 있을 뿐이긴 하지만.

무아, 지금까지도 수많은 사람들에게 감당치 못할 혼란과 당혹감, 끝 모를 논쟁을 불러일으키고 있는.

'이뭣고' 화두는 그새 간 곳이 없고 그 의심이 떠나질 않았다. 나는 수도 없이 그 대목을 씹고 또 씹었다. 나중에는 아예 정진시간에도 '이뭣고' 화두 대신 그걸 물고 늘어졌다. '망상 분별을 내지 않으면 남도 없고 나도 없으며……. 망상 분별을 내지 않으면 남도 없고 나도 없으며…….'

'어째서 남도 나도 없다 하나?' 어느 새 나는 이 새로운 화두를 의심하고 있었다.

이틀이 지나갔다. 3일째가 되는 날, 해답은 다른 곳에서 왔다. 머리도 식힐 겸 며칠 등한히 했던 글들을 죽 외워 나가던 중, 조주록에서 옮긴 글이 답을 주었다.

나라고 여기면 더럽고 나라고 여기지 않으면 깨끗하다.

　나라는 생각이 들면 이미 더러워진 거라는 말이었다. 나라는 생각
이 들어서기 전, 그래서 나란 것이 없는 ……. 그래 맞다. 나란 생각
일 뿐이구나. 생각이 만들어낸 것이구나. 그래서 망상 분별로 해서
나가 생긴 거라고 했구나.

　다시 문제의 그 대목을 되새김해 보았다. '망상 분별을 내지 않으
면 남도 없고 나도 없으며…….' 그래 알았다. 화들짝 하며 너무 좋
았다. 이 사람이 그걸 안 것이다.

　당시엔 몰랐지만, 언구상의 이해였다. 그러나 그것만도 내겐 대단
한 성과였다. '나'는 가공의 산물이라는 걸 마침내 조금씩이나마 이
해하고 받아들일 수 있게 되었으니까.

6 불립문자 교외별전

어록을 통해 전해지는 선사들의 일화, 그 중에서도 깨달음의 순간은 참으로 매혹적이다. 어떻게 그런 일이 가능한지, 그들 사이에 어떤 교감이 있어서인지, 그리고 가장 궁금한 일. 깨달았다고 할 때, 그는 무엇을 안 것인지, 무엇에 눈뜬 것인지, 그가 들어선 세계는 어떤 세계인지?

수행자들이 혼신의 노력 끝에 깨달음을 성취하는, 깨달음에 눈뜨는 그 순간은 인간사의 가장 극적인 순간 중에 하나라고 나는 생각한다.

어록에 등장하는 그 많은 깨달음의 순간들, 하나같이 드라마틱하기 짝이 없다. 나도 그런 순간을 맞이할 수 있기를 꿈에서도 열망하지만 가히 초인적인 노력이 있은 연후에나 가능했을 일들이기에 함부로 꿈꿀 수 없는, 그렇다고 포기할 수는 없으며, 그래서 더욱 고혹적인 순간들. 이 세상 그 어떤 일보다도 강렬하고 폭발적인.

법안 스님의 회중에서 감원 소임을 보던 현칙 스님은 입실하여 법문을 청한 적이 한 번도 없었다. 하루는 법안 스님이 물었다.

"측감원아, 어찌하여 입실하지 않느냐?"

"스님은 모르셨습니까? 저는 청림 스님의 처소에서 이미 한소식 했습니다."

"그때의 일을 내게 말해 보아라."

"제가 무엇이 부처입니까? 하고 물으니, 청림 스님이 '병정(丙丁)동 자가 와서 불(火)을 구하는구나' 하고 말했습니다."

"좋은 말이다만 네가 잘못 알았을까 염려스럽구나. 다시 한 번 설 명해 보아라."

"병정은 불에 해당하니, 불이 불을 구한 것입니다. 이는 제가 부처 이면서 부처를 찾은 것과 마찬가지입니다."

"감원아, 과연 잘못 알았구나."

측감원은 그 말에 불복해 곧바로 일어나 떠나버렸다. 그리고는 중 도에서 생각하기를, 오백 명을 거느리는 선지식인 그분이 나를 속였 으랴 하고는 되돌아와 다시 참방하니, 법안 스님이 말했다.

"내게 묻거라. 너를 위해 답하리라."

측감원은 바로 물었다.

"무엇이 부처입니까?"

"병정동자가 와서 불을 구하는구나."

측감원은 그 말끝에 크게 깨쳤다.

처음 이 일화를 접했을 때, 나는 그저 놀랍고 막막했다. 도무지 이해할 방법이 없었다. 현칙 스님은 같은 말을 들었을 뿐인데 법안 스님의 그 말에 언하대오한 것이다.

이른바, 선지식의 법력이란 그런 것이라고 이해해야 하는 것인가? 아니면 불복해 강을 건너가 버렸던 현칙 스님이 생각을 돌려 돌아오는 과정에서의 도를 향한 간절한 일념이 있어 그게 가능했던 걸까? 그도 아니면 그 두 가지가 같이 작용한 걸까? 청림 스님의 말이나 법안 스님의 말이나 같은 말이었지만 그 안에 담긴 의미는 달랐던 걸까?

그건 그렇다 치더라도, 나는 왜 이 일화를 곱씹고 있으면서도 대오는커녕 소오도 없는가? 생각할수록 궁금증만 커질 뿐 도무지 깜깜했다.

어느 정진 시간에, 일부러 떠올린 것도 아닌데 그 일화가 생각났다. 그리고 법안 스님의 '병정동자가 불을 구하는구나' 하는 대목에 이르렀을 때, 번개처럼 그 일이 알아졌다. 아아! 이렇구나.

그런 경험은 처음이었다. 현칙 스님이 법안 스님의 말을 듣자마자 대오하게 된 방식이 알아진 것이다. 현칙 스님처럼 깨달음의 세계에 들어선 게 아니라 말 끝에 깨닫게 되는 방식이 알아졌을 뿐이다. 그걸 어떻게 설명해야 할까. 아아! 이렇게 눈뜨게 되는 거로구나. 절로 그런 감탄이 나왔다면 조금이나마 이해가 될까.

그것은 한마디로 불립문자 교외별전 그리고 언하대오에 눈뜬 거였다. 불립문자 교외별전이라고 하는 게 뭔지, 언하대오가 뭔지를 알게 해준 사건이었다. 그 경험이 있고서야 나는 그 세 가지를 비로소 알수 있었다. 그 이전까지 알고 있던 불립문자 교외별전에 대한 앎은 말 그대로 문자적 이해의 범주에 불과했다는 것도 그때 알았다.

문자에 의존하지 않는다는, 교학을 빌리지 않고 별도로 전하는 방식이 있다는 말만 알고 있을 뿐, 그게 구체적으로 뭔지는 알지 못했다. 그러면서도 불립문자 교외별전이 무엇인지를 안다고 생각하고 있었던 것이다. 그런데 불립문자 교외별전을 실제로 체험한 것이다.

한 번도 먹어보지 못한 어떤 과일의 맛에 대해 숱하게 많이 들어, 어느새 자신이 그 과일의 맛에 대해 알고 있다는 착각 속에 살게 되는 수가 있다. 그러나 백년이 간들 그게 아는 것인가. 먹어보고서야 비로소 그 맛을 알게 되며, 그때가 되어서야 이제까지 들어서 안 그 과일의 맛에 대한 지식이 얼마나 헛된 것이었나도 알게 된다.

우리가 어떤 새로운 것을 알기 위해서는, 그와 관련된 것들에 대해 이미 알고 있어야 한다. 예컨대, 찻잔을 설명하기 위해서는 그 안에 담기는 차, 음료 혹은 물이란 것들을 알고 있어야 하고, 찻잔을 손으로 집어 드는 행위, 마신다는 행위를 알고 있어야 한다. 더 알기 위해서는 찻잔을 만드는 재료인 흙이나 유리 등에 대해서도 선행 지식이 있어야 할 테고. 그래야 찻잔을 설명할 수 있다. 듣는 사람도 그런 것들이 동원되어야 찻잔이 무엇인지를 알 수 있다.

다른 어느 것, 이를테면 수건이란 것을 누군가에게 알려주거나, 알기 위해서도 몸이나 얼굴에 물기를 닦기 위한 것이라는 몸·얼굴·

물기 · 닦는다는 행위 · 직사각형의 천 따위에 대해 먼저 알고 있어야 한다. 이처럼 이 세상 모든 것은 기존에 알고 있는 것들을 빌려, 그것들에 의지해 설명 가능하고 이해될 수 있다.

불립문자 교외별전이란 그런 것들을 빌리지 않고 그대로 아는 것이다. 말이 떨어지자마자, 듣자마자, 어떤 상황을 대하는 순간, 그대로 아는 것이다. 듣자마자 라고 하니까 지극히 빠른 순간에 이루어질 뿐이지 얼굴, 몸, 물기, 닦는다는 행위 직사각형의 천 따위가 동원되기는 마찬가지일 거라고 생각할지 모르나 천만의 말씀. 그렇다면 불립문자 교외별전이라는 말이 생겨나지가 않았을 것이다.

나는 오히려 이렇게 말하고 싶다. 들으면서, 보면서 그대로 아는 것이라고. 듣자마자, 말이 떨어지자마자 라고 하면 벌써 말 떨어진 뒤의 일이다.

나는 그 체험을 한 후에야 인간이 대상을 인식하는 그런 방식이 있는 줄 비로소 알았다. 돈오(頓悟), 순간 깨침이 있음을 비로소 알게 된 것이다. 우리 자신이 인간이면서 인간에 대해 모르는 게 너무 많다는 생각을 또 하게 되었다. 그리고 선사들의 말이, 가르침이 결코 허황된 것일 수 없다는 믿음이 점점 뚜렷해져 갔다.

한편으로는 환희심이 났다. 또한 다른 한편으로는 섭섭하고 아쉽기 그지없었다. 왜 난 이처럼 맛보기 식의 체험들만 하고 있을까. 화끈하게, 통째로 뭔가 일어나는 그런 건 왜 내게 없는가. 왜 이렇게 찔끔거리듯이 감질나는 일들만 경험하는가.

7 무심

어느 날은 이런 일도 있었다.

배휴가 황벽 스님에게 물었다.

"어떤 것이 정진입니까?"

"몸과 마음을 일으키지 않는 것이 가장 굳건한 정진이다. 몸과 마음이 함께 없음이 곧 부처님의 도이다."

"만약 마음이 없으면(無心) 이 도를 행하여 얻을 수 있습니까?"

"무심이 바로 도를 행함이어늘 거기에 다시 또 얻고 말고 할 것이 있겠느냐. 망령된 마음이 스스로 없어지면 더 이상 쫓아가 찾을 것이 없느니라."

위의 글을 음미하고 있는 중에, 갑자기 내가 글속으로 쑥 들어가 글 뒤로 나온 것 같은 느낌이 들었다. 순간적으로 어리둥절해졌지만 나는 그대로 앉아있을 뿐이었다. 마치 아무런 저항 없이 벽속으로 쑥 빨려 들어가 뒤로 나온 듯한 그런 느낌.

은산철벽. 은으로 된 산, 쇠로 된 벽. 화두공부를 함에 있어 도무지 들어갈 곳이 없는 걸 두고 하는 말이다. 그러나 혼신의 노력으로 일념정진 하다보면 그 은산철벽이 몰록 한순간에 투과되는 때가 있다고 한다. 무쇠 소 등짝에 달라붙어 침을 들이밀려고 애쓰는 모기가 한순간에 통째로 소 몸속으로 들어가듯 하는 그런 순간이 있다는 것이다.

글속으로 쑥 빨려들어 갔다가 뒤로 나온 듯한 이 느낌. 이번에도 또 무언가를 맛보기로 보여주려고 하는 걸까? 어찌됐든, 그 일로 해서 그 문장이 전과 달리 보였다. 무심이 뭔지를 조금 알 것 같았다.

배휴는 다시 묻는다. 만약 마음이 없으면(무심한 상태에서라면) 이 도를 행하여 도를 얻을 수 있겠느냐고. 황벽 스님의 대답은 어떠한가. 무심이 이미 도를 행함이어늘, 무심해진 상태가 이미 도와 합치되어 있는 상태이거늘, 도에 들어있는 경지이거늘, 뭘 또 다시 얻고 말고 할 것이 있겠느냐는 가르침이다. 무심이 되어 구하는 마음, 도를 찾는 마음 따위의 온갖 망령된 마음이 없어진 상태에서라면 그대로가 도이니 더 이상 쫓아가 찾을 것이 없다는 뜻이다.

황벽 스님은 곳곳에서 무심을 강조한다. 이런 건 또 어떤가.

오직 묵묵히 계합하라.

깨치고자 한다면 다만 무심하라.

홀연히 깨치면 곧 되는 것이요,

만약 마음을 써서 배워 깨달으려 하면
그럴수록 더욱 더 멀어진다.
모든 갈라진 마음과, 취하고 버리는 마음이 없어서
나무나 돌 같은 마음이 되어야만
비로소 도를 배울 분이 있느니라.

갈라진 마음이란 너니 나니 하는 마음, 좋아하고 싫어하는 마음, 옳고 그르다는, 더럽고 깨끗하다는, 성스럽거나 속되다는 따위의 온갖 나누어진 마음, 분별심을 말한다. 신심명의 '지극한 도는 어렵지 않아 오직 간택함을 꺼릴 뿐이니, 좋아하고 싫어하지 않으면 그대로 명백하리라' 와 다를 게 없다.

무심한 사람은 일체의 마음이 없이
안으로는 목석같아
움직이거나 흔들리지 않으며
밖으로는 허공과 같아
어디에도 막히거나 걸림이 없다.

일체의 번뇌를 여의기만 하면
얻을만한 법이 없나니
도를 배우는 사람이

깨달음의 비결을 터득하고자 한다면

마음에 어느 것이라도

집착하지 말아야 한다.

『황벽 스님』

부처는 집착이 없는 사람이며

구함이 없는 사람이며

의지함이 없는 사람이니

지금 분주하게 부처가 되고자 탐착한다면

모두가 등지는 짓이다.

『백장 스님』

　나는 점점 이런 가르침들에 빠져 들어갔다. 언제부턴가 나는 무심해지려고 안달을 하고 있었다. 그러면서 깨달음이란 게, 도라는 것이, 수행이라는 것이 내가 이제까지 알고 있던 것과는 다른 것일 수 있겠다는, 내가 잘못 알고 있었다는, 실로 엉뚱한 곳을 헤매고 있었다는 자각이 어렴풋이 들기 시작했다.

8 홀연히 본 자성은 힘이 부족하니

하루는 무아가 알아졌다. 또 어느 날은 죽음이 환이라는 게 보였다. 섬광처럼 그런 일들이 있었다. 꼭 칠흑같이 깜깜한 밤에 번쩍하고 번개가 치는 그 순간, 사위가 환해져 모든 것이 그대로 드러났다가 곧바로 다시 깜깜한 어둠이 되는 그런 것 같았다.

거기 그런 것들이 있음을 보았다. 그러나 바로 다시 깜깜해져 주변의 사물들을 부리고 쓸 수가 없었다. 그처럼 죽음이 한낱 환에 지나지 않는다는 게 보이고, 무아가 저절로 알아졌지만 모두 번개로 해서 밝아진 그 순간의 일일 뿐이었다.

여전히 나는 무아로 살지도, 죽음이 환이라는 투철한 인식 아래 살지도 못하는 그런 처지였다. 한 가닥 위안이 있다면, 한 번이나마 본 것이다. 번쩍하는 그 순간 선명히 본 것이다. 그런 것들이 있음을.

그런 일들은 더욱 열심히 하면 나도 이루어낼 수 있겠구나 하는 생각을 불러일으키며 나를 들뜨고 몸 달게 했지만, 다른 한편으로는 좌절과 한계를 느끼게도 했다. 왜 난 매양 이 모양인지. 내 나이 벌써 50대에 들어섰는데 아직도 이런 수준에서나 맴돌고 있다니.

한 번 깨치면 영원히 깨쳐 다시는 매(昧)해지는 일이 없다고 했는데 왜 난 자성을 보고도 매사에 옳고 그름을 따지고, 화내고 미워하고 다투는지.

주변 사람들로부터 깨달았다고 말해지는 스님이 있었다. 자신의 생각으로도 그랬다. 경전과 어록의 글들이 무슨 말을 하고 있는 건지 그대로 환하게 들어오고 사통팔달 막히는 게 없었다. 공부는 이만하면 됐으니 세상 사람들에게 불교를 전하는 일이나 하자며 주지를 두 만기 했다. 주지 두 만기 8년이 지났을 때, 그는 다시 이전의 깜깜한 상태가 되어 있었다. 내가 선원에 막 발을 내딛던 무렵, 소참법문 중에 자신의 경험담을 들려준 어느 스님의 일화였다. 얼마 전 내가 '이뭣고' 화두 의심이 안 되어 찾아갔던 스님도 그런 일을 겪은 이였다.

나하곤 비교도 안 되는 높은 경지를 밟았던 이들이다. 그들조차도 투철히 해마치지 못했던 까닭에 시간이 흐르면서 차츰 매해지다가 끝내는 이전의 깜깜한 상태로 돌아갔는데 내가 그렇지 않기를 바라다니.

그러면서도 여전히 궁금했다. 그때 내가 무슨 연유로 자성을 볼 수 있었는지. 그러다가 부산 해운정사에서 몇 년째 나오지 않고 정진하고 있는 오랜 도반 하나가 보내준 진제 스님의 법문집을 보던 중 의문이 풀렸다.

화두 의심이 뭉쳐져 의단이 되고 그게 타파되며 자성을 보는 것과는 달리 더러 홀연히 자성을 보는 수가 있다고 쓰여 있었다. 그렇게 홀연히 본 자성은 공부의 힘이 약해 얼마 못 가 매해지니 다시 공부해야 한다는 글도 있었다. 그렇구나. 내 경우를 그대로 말하고 있구나.

다시 공부해야 한다고? 그래, 다시 하자. 하지만 아득하구나. 얼마나 진이 빠지는 일인데. 그래도 해야지. 20년이고 30년이고 하라고 원오 스님은 거듭 당부하지 않더냐.

내가 자성을 잠깐 본 그해엔 윤달이 들어 가을 해제가 넉 달이었다. 그래서 늘 마음에 두고 있던 일 하나를 시작했다. 벌써 오래 전부터 누워 거동도 못하시는 어머니. 대소변을 받아내는 것도 오래 전부터의 일이며, 음식도 믹서기로 갈은 죽을 바늘을 꽂지 않은 주사기로 입에 밀어 넣는 그걸로 연명하시는, 의사표시조차도 거의 못하시는 어머니.

살아 있다고도 할 수 없고 죽은 것도 아닌 그런 상태로 목숨을 부지하고 있을 경우, 지장경 독송 기도를 100일 정도 해주면 임종하는 예가 드물지 않으니 해보라는 말을 여러 차례 들었다. 돌아가시길 바라는 기도를 할 수 있겠느냐며 듣고만 지내오던 중, 편히 가시게 해드리는 것이 도리이기도 하겠다 싶어 지장경 독송 백일기도를 하기로 했다. 마침 해제가 넉 달 아닌가. 그렇게 해서 매일 오후에 한글 지장경을 일독하고 108배를 했다. 그 기간 중에, 혼자 앉아 있던 오전 시간의 큰방에서 언뜻 자성을 본 것이다.

공부에 진전은 없고 하도 낑낑대고만 있으니 불쌍해 이런 게 있노라며 슬쩍 보여준 건지도 모른다는 생각을 하기도 했다.

공부한다는 상을 내며 주변 사람들과 부딪치거나 불편하게 하지 않아야 한다고 늘 자신을 타일렀지만, 나이는 들어가고 해놓은 건 없는 조급한 마음에 설익은 생각들이 자주 모가 난 행동으로 나타났는지, 벌써부터 몇몇은 나를 불편한 존재로 인식하고 있는 터였다.

그렇듯이 나아가지도 못하면서 미련만 떨고 있는 녀석에게 그래도 격려차 설핏 맛보게 한 걸지도 모른다는 생각도 들게 했던 그 가을날의 자성.

홀연히 본 자성은 힘이 부족해 얼마 못 가 매해지니 다시 공부해야 한다는 글을 본 것을 계기로, 이후로는 우연히 한 번 본 그 자성의 일을 잊어버리기로 했다. 더 이상 미련도 애착도 궁금증도 갖지 말고 다시 하기로 했다.

다시라니? 내가 언제 제대로 한 적이 있기나 하더냐.

언어도단 심행처멸

　정진 시간 중에 이런 저런 망상을 피우기도 하고, 어록의 글들을 곱씹고 있을 때가 많기도 했지만 그래도 내 공부방법은 '이뭣고' 화두였다. 며칠 애쓰다 보면 일주일이나 열흘에 한 번 정도씩 화두가 맑게 드러나는 때가 있곤 했다. 그럴 때 더욱 화두에 집중하다 보면 망상이 생겨났다가 스러지곤 하는 게 보였다.

　망상 망념이란 다른 게 아니었다. 내가 하는 모든 생각이 다 망상 망념이었다. 내가 그런 망상을 하고 있었다고 할 때의 그 '나'라는 의식조차도 망념이었다. 그토록 내가 버리려고 애쓰는 옳다는 생각, 그르다는 생각, 이렇게 해야 한다는, 저렇게 하면 안 된다는 기준 따위가 참으로 망념이라는 게 그때만큼은 선명히 보였다.

　하루에 수도 없이 일어나는 그 많은 생각들이 다 망상이었다. 심지어 수행한다는 마음, 바르게 맑게 청정하게 라는 의식조차도, 깨달음을 구하는 마음까지도, 열심히 해야 한다는 생각까지도 다 망상이었다. 그뿐인가. 망상을 하는 당사자라 여겨지는 '나'라는 의식조차도 망상이었다.

더 기가 막힌 건, 그 망상들이 일어나는 출처였다. 꽃이나 잎이 나뭇가지에 붙어있듯이, 하늘을 나는 연이 실로 지상의 아이에게 연결되어 있듯이 망상도 나와 이어져 있을 거라는 생각과는 달리, 망상은 나와는 아무 것으로도 연결되어 있지 않는 허깨비였다. 말 그대로 허공 중에 구름이 일어나듯 망상이 일었다가, 보고 있노라면 온 곳이 없이 왔듯이 가는 곳 없이 사라졌다. 한마디로 나와는 무관한 허깨비였다.

그럼에도 우리는 망상, 한생각이 일면 그걸 자기로 알고 그 망상이 이끄는 대로 행동한다. 그야말로 구름 일듯 끝도 없이 생겨났다 사라지곤 하는 갖가지 망상에 끌려 다니며 사람들은 하루를 사는 것이다. 평생 그렇게 살다 그렇게 죽고, 다음 생에도 또 그렇게 와서 그렇게 살다 죽는, 불교에서 말하는 끝없는 생사윤회이다. 그런 게 보였다. 벌써 지난 결제 때부터의 일이었다.

이런 허깨비 망상에 내가 여태 끌려 다니고 있었구나. 그래서 '주인공아' '예' '다시는 속지 말아라' '예' 했던 거구나. 그래서 종을 주인으로 잘못 알지 말라고 했구나.

나라는 의식은 망상의 하나일 뿐이며 '나' 란 없다고 말하면 사람들은 당장 화를 내며 반박한다. 지금 여기 이렇게 멀쩡하게 살아 숨쉬며 당신과 이런 얘기를 하고 있는 이 나는 누구이며 무엇이냐고? 또한 그런 말을 하는 당신은 누구이며 무엇이냐고?

선사들은 말한다. 나, 너, 있다, 없다는 생각이 바로 망념 망정이라고. 망념으로 이 일을 헤아려보려 한들 망념 위에 또 하나의 망념을 얹을 뿐이라고. 있다는 생각, 없다는 생각으로 알려하지 말고 있다 없다를 버리라고. 그러면 본래의 것이 드러난다고.

선사들은 일체의 망념이 사라지고 난 뒤에 드러나는 그것을 자성, 본성, 불성, 주인공, 한 물건, 본래면목, 본지풍광 등의 명칭으로 불렀다.

이렇게 말하면, "그러면 그렇지. 뭐가 있기는 있는 거 아냐. 그게 바로 나, 나의 본질 아니겠어? 나도 이 육체는 나가 아니라는 것쯤은 안다고. 나도 그걸 주장하는 게 아냐. 백 년도 못가는 이 몸뚱이 누가 나라고 하겠어. 당신이 말하는 '그것' 이 내가 말하는 나야. 나가 이렇게 있잖아. 왜 없다고 하는 거지?" 아마도 이렇게 말할지 모른다.

그 자리엔 있다 없다, 나 너 등등을 갖다 댈 수가 없다. 그런 것들이 생겨나기 이전의 자리이다. 우리는 육체에 갇혀 살면서 보고 듣고 감촉하는 등의 다섯 가지 감각기관을 통해서만 대상을 감지하고 인식하게끔 훈련되어 있는 탓에 그 너머의 것은 모른다. 자성은 그 너머의 것이다.

시작도 없는 옛날부터 오늘에 이르도록 자성은 신령하게 밝아 있으며 그 무엇으로도 훼손시킬 수 없어 여여하게 있건만, 홀연히 일어난 한생각 망념이 다른 수많은 망념을 일으켜 나니 너니 내 것이니, 좋으니 싫으니, 옳으니 그르니 하면서 이 몸뚱이를 끌고 다니는 것이다. 그 망념들에 끌려 다니면서 울고 웃고 분노하고 하소연하고 원망하며 사는 것이다. 가짜에 속아 환의 세계에 사는 것이다.

이런 말이 있다. '내 살림을 망치던 도적을 이제야 찾아냈다. 내 당장에 이 도적을 능지처참하리라.' 여기서 도적이란 망념 망정이다. 망념이 자기를 그르치고 있음에 눈뜬 이의 말이다.

망념에 끌려 다니지 않으려면, 가짜에 속아 살지 않으려면 어찌해야 하는가? 망념이 끊어진 자리에 이르면 된다. 옛사람들은 말했다. '언어도단 심행처멸' 말길이 끊어지고 마음작용이 멸한 자리, 그 자리가 본성의 자리이며 깨치는 자리이다.

> 망념을 일으키지 않는 자리가 깨치는 자리이다.
>
> 『황벽 스님』

> 한생각 홀연히 일어날 때 그것이 허깨비임을 분명히 알라.
>
> 『황벽 스님』

> 한생각도 나지 않는 곳에서 이 마음을 분명히 깨닫는다.
>
> 『원오 스님』

> 마음 속에 한 물건도 남겨두지 않으면 당장에 나무나 돌 같은 마음이 되어……　　『원오 스님』

나는 여전히 공부 힘이 부족한지 허깨비 망념이 일었다가 스러지
곤 하는 걸 볼 수 있는 시간은 오래 지속되지 못했다. 그나마도 일주
일이나 열흘, 보름에 한 번. 길게는 20여일 남짓에 한 번씩 그런 시간
들이 오곤 했다.

망념이 일었다가 사라지는 현상을 끌려감이 없이 보고 있노라면
차츰 망념이 줄어들며, 종내에는 한생각도 일어나지 않고, 한생각도
나지 않는 그 상태가 지속되다가 본성을 철두철미하게 깨치게 된다
고 하지만 나는 아직 지속해 보는 힘이 모자랐다.

망념이 일었다가 사라지는 걸 보는 재미에 화두를 놓치는 일이 생
기면서 거기에 끌려가지 않아야겠다는 생각을 했다.

1C 순간 깨침, 돈오

자명 스님이 분양 스님의 처소에 찾아들었다. 대선지식이라는 분양 스님은 날마다 험한 말, 더러운 말을 해댈 뿐이었다. 보다 못한 자명 스님이 하루는 분양 스님께 그걸 간하니, 분양 스님이 화를 내며 말했다.

"네가 나를 비방하느냐?"

자명 스님이 무어라 말하려고 하는데 분양 스님이 손으로 그의 입을 틀어막았다. 그 순간, 자명 스님은 활연대오했다.

밤에 졸리면 준비해둔 송곳으로 자신의 허벅지를 찌르며 말하길, "옛 사람들은 도를 위해 먹지도 않고 자지도 않으셨거늘 나는 어떤 사람인고?" 하면서 정진했다는 자명 스님이 깨치는 모습이다. 이름하여 순간깨침 돈오. 자명 스님이 20대 때의 일이다.

6조 - 남악 - 마조 - 백장 - 황벽 - 임제 - 흥화 - 남원 - 풍혈 - 수산 - 분양 - 자명초원으로 이어져온 임제의 정맥은 여기서 양기파와 황룡파 등으로 가지를 쳐 다시 면면이 이어져 간다. 그 자명 스님의 돈오의 순간인 것이다.

마하리쉬의 제자 중에서도 영적으로 뛰어나게 진보된 몇몇 사람은 마하리쉬의 말 몇 마디에 바로 깨달음을 얻었다고 한다. 스승 가까이에서 오래도록 수행한 다른 제자들이 보기에도 그런 현상이 이해가 안 되던지 묻는 말에 마하리쉬는 비유를 들어 말했다.

"화약은 불을 대자마자 폭발한다. 숯은 불을 대고 얼마간의 시간이 지나야 불이 붙는다. 젖은 석탄덩이는 불을 대어 한참을 말리고 다시 좀 더 시간이 지난 뒤에야 서서히 불이 붙는다."

순간깨침을 명쾌하게 설명한 마하리쉬의 말이다.

조사어록의 가르침만큼이나 나를 매료시키는 가르침이 또 하나 있으니, 바로 마하리쉬의 가르침이다. 마하리쉬의 가르침을 처음 접한 건 사미 때였다. 나는 업장이 두터운, 젖은 석탄덩이나 되는 근기였는지 마하리쉬의 말들이 무척 어려웠다. 힘들게 한 권의 책을 읽긴 했지만 내용을 이해 못해 남는 게 별로 없었다. '나는 누구인가?' 하고 끝없이 의심해 들어가라는 말 정도가 남아있을 뿐이었다. 화두 수행법과 비슷하구나 하는 생각을 그때 했다.

세월이 흐르고 여기 저기 선원을 옮겨 다니며 사는 중에, 더러 마하리쉬의 이야기가 나오며 탁월한 가르침이라는 말을 들으면 속으로 '나는 역시 형편없는 놈이로구나' 했다. 저 스님에겐 저렇게 좋은 책인데 내겐 어렵기만 했으니.

그러다가 2년쯤 전에 다시 마하리쉬의 책을 손에 쥐었다. 『진아여여』라는 제목의 책. 받아둔 지 7~8년은 되었을, 그래서 먼지를 뒤집어쓰고 있던.

첫 장을 읽으면서부터 나는 그 책에 빨려들어 갔다. 읽고 또 읽으면서 나는 차츰 마하리쉬의 가르침이 선사어록의 가르침과 다르지 않다는 생각을 하게 되었다. 다르지 않은 게 아니라 많은 부분에서 같아 보였다 내게는.

물론 표현방식은 달랐다. 그러나 표현방식이 무슨 문제가 되는가. 무얼 말하고 있는가가 중요하지. 어록과 마하리쉬의 책을 번갈아 보면서 나는 선사들과 마하리쉬가 많은 부분에서 같은 이야기를 하고 있다는 걸 알았다. 어떤 대목의 경우, 그것은 내용상 너무나 똑같아 같은 세계를 누리고 있는 이들이 하는 말이라는 걸 도저히 의심할 수가 없었다.

제자를 가르침에 있어 선사들은 말을 극도로 아낀다. 아끼는 게 아니라 극도로 꺼린다. 말이 동원되면 정작 말을 통해 보이고자 하는 건 보지 못하고 말에 매여 뜻이나 캐고 있는 등 병통이 더 많기에 말로 가르치길 극도로 꺼리는 것이다. 뿐이랴. 말이란 제한적일 수 밖에 없지 않은가. 제한할 수 없는 것을 제한적인 말로 규정하려는 것 자체가 무모한 시도임을 선사들은 알고 있는 것이다.

그러나 선사들도 인정하는 바, '도는 말에 있지 않으나 말에 의하지 않으면 드러나지 않으니' 어쩔 수 없이 말을 빌리긴 하나, 비유와 상징, 도약, 함축이 종횡으로 사용된다. 그런 까닭에 선사들은 가장 직접적이며 친절한 방식으로 가르쳐주는 것이라고 말하지만 아직 그걸 볼 줄 아는 안목을 얻지 못한 범부들로선 더더욱 어려울 뿐이다.

이에 비해 마하리쉬는 보통 사람들이 쓰는 화법, 표현방식을 그대로 쓰며 어떡해서든 알아듣게 하려고 애를 쓴다. 그들 사이엔 이른바 '선문답'이 없다.

우리들의 입에 오르내리는 선사들은 중국의 당, 송, 원대, 한반도의 고려, 조선조의 인물들이 대부분이다. 그들이 마하리쉬를 알았을 리는 없다. 마하리쉬는 1880년 인도의 남부 지방에서 태어나 평생 인도를 벗어난 적이 없이 살다가 1950년에 한 생을 마감했다.

가르침을 얻기 위해 세계 각지에서 찾아온 많은 이들에게 그들이 알아듣도록 하기 위해 평이한 언어를 사용해가며 애를 쓰지만, 단 한 번도 선사들에 대해서는 언급이 없는 것으로 보아 마하리쉬 또한 선불교 선사들의 가르침을 접한 적이 없는 것으로 추정된다.

서로에 대해 전혀 모르고 있으면서도 같은 것을 이야기 하고 있는 이들. 처음 나는 그게 신기하고 잘 이해되지가 않았다. 그러나 곧 이해하게 되었다.

지극히 간단한 이치. 진리는 누구에게나 열려 있다. 불교에서는 이 진리에 눈뜬 이를 '붓다'라고 한다. 누구나 진리에 눈뜰 수 있으므로 붓다가 여러 명인 게 하나도 이상할 게 없다. 선사들이 깨우친 진리와 마하리쉬가 깨우친 진리가 같은 것이라면, 그들의 가르침이 같다고 해서 이상할 게 조금도 없다.

나는 마하리쉬의 가르침을 통해 선사들의 가르침을 보다 더 근접

해 이해할 수 있게 되었고, 불법에 대한 믿음이 더욱 견실해졌다.

어떤 집단에 속한 사람들이 자기네가 공유하는 어떤 것을 드날리며 최고의 가치라고 세상에다 말할 때, 그것을 공유하지 못하는 그 집단 밖의 사람들은 의구심을 가질 수 있다. 자기들만이 부여한 가치이겠지 하고. 실제로 특정한 그들만이 부여한 가치였음이 밝혀진 사례는 인류사에 무수히도 많았다.

마하리쉬의 가르침은 불교에 대한 이러한 의구심을 대번에 날려버릴 수 있다. 봐라. 다른 경로를 거쳐 여기에 이른 이도 우리와 같은 걸 보고, 같은 걸 말하고 있지 않느냐. 저 사람을 통해서도 이 세계가 증명되지 않더냐. 실로 이 세계는 누구나 마음만 내면 들어설 수 있는, 그야말로 활짝 열려 있는, 실재하는 진리의 세계가 아니더냐.

불교가 제시하는 진리의 세계는 다른 것을 빌려 증명을 필요로 하지 않는다고 말할 수도 있다. 맞는 말이다. 다른 증명이 필요치 않은 이에겐 없는 게 더 나을 수도 있는 일이다. 그러나 사람들의 근기는 다양하며 병이 많으니 약도 많다. 부처님의 설법이 대기설법 아니던가. 세존을 대의왕, 대약왕이라 하지 않는가.

그런 효용에서가 아니더라도, 최고 단계에 이른 이가 역시 최고 단계에 이른 누군가를 보는 것은 즐거움이며 기쁨 아닐까. '콘단냐는 깨달았다. 콘단냐는 깨달았다.' 고 하면서 기뻐했다는 세존의 모습을 그려보라.

11 어떤 것이 깨끗한 고기입니까?

보적 스님이 마을에 나갔다가 푸줏간 앞을 지나게 되었다. 손님이 와서 주인에게 말하길 "깨끗한 고기로 주시오." 하자 주인이 고기 써는 칼을 거두고 정중하게 두 손을 포갠 뒤 물었다. "어떤 것이 깨끗한 고기입니까?" 보적 스님이 그 말에 깨쳤다.

이 일화를 처음 들은 건 동화사 선원에 살 때였다. 조실스님이 법상에 올라 이 일화를 소개한 뒤 물었다.

"보적 스님은 어느 곳에서 깨쳤을까?"

"말하라. 어떤 것이 깨끗한 고기인가?"

대답하는 이가 아무도 없었다.

그로부터 7~8년이 흐른 어느 정진 시간, 그 일화가 떠오르며 '어떤 것이 깨끗한 고기입니까?' 하는 대목에서 보적 스님이 깨치게 된 이유가 대뜸 알아졌다. 보적 스님의 환의 세계가 걷히며 깨끗함, 더러움이 분별 망상임을 안 것이다. 그대로 깨달음의 세계에 들어선 것이다. 다만, 내 공부는 여전히 문지방에 발을 걸치다 끝나곤 해 못내 아쉬웠다. 어째서 나는 보적 스님이 깨치게 된 이유만 알아졌을 뿐,

보적 스님처럼 깨치지는 못하는 걸까?

'말하라. 어떤 것이 깨끗한 고기인가?' 마치 깨끗한 고기를 찾아내는 순간, 보적 스님이 깨달음을 얻기라도 한 것처럼 조실스님은 능청을 떨었지만 사람을 속인 거다. 눈 밝은 놈이 있나 알아보기 위해 던진 말로, 조실스님의 의도는 그야말로 언구 밖에 있다.

보적 스님이 깨달은 건 그 말 속에서 뭘 찾아내서가 아니다. 머리를 굴려 이해한 것도 아니고, 그 말을 듣는 순간 온몸으로 사무쳐 체득한 것이다. 깨끗함 더러움, 좋아함 싫어함, 아름다움 추함, 옳고 그름 따위를 벗어나 있는 성품을 본 것이다.

보적 스님의 분별 망상이 끝장나며 스님은 훌쩍 그 세계로 가버린 것이다. 그러므로 보적 스님처럼 그 말에 깨닫고 싶다고 해서 눈을 희번덕거리며 말 속을 뒤지고 다니지 말라. 어찌 거기에 보적 스님을 깨닫게 해준 핵심이 있으랴. 문 두드리는 기와조각이라는 말도 못 들었는가. 보적 스님의 사무치는 도심이 복어 배처럼, 한껏 부풀은 풍선처럼 커져 있다가 그 말을 듣는 순간 터져버린 것이다.

그러니, 깨닫고자 한다면 복어 배처럼 빵빵하게 해둘 일이지 글이나 헤집고 다닐 일이 아니다. 아니면 머릿속에 든 모든 걸 내다버려라. 무심해지면 도에 든다 했다.

12 서러워 서러워 우노라

공부가 안 되어 별짓을 다 했으니 ……

어록에서 옮겨 적은 글들을 대하노라면 새삼 전율이 일면서 무언가 알 것 같기도 했다. 어떤 거대한 것이 내게 다가오고 있는 듯한, 천지를 뒤바꿔 놓을만한 일이 내 안을 채워가고 있는 듯한 느낌에 잠시나마 들뜬 가슴이 되기도 하고, 황벽 스님의 말씀

부처를 떠올리며
깨끗하고 밝으며 속박을 벗어났으리라는 생각을 한다든가
중생은 때 묻고 어두우며
생사의 고통이 있으리라는 관념을 버리지 못한다면
수많은 세월이 지나더라도 깨닫지 못한다.
오직 이 한 마음일뿐
이 마음 그대로가 부처이다.

을 대했을 땐 천지를 진동시키는 글로 다가오는데 감격해 이런 글

을 남기기도 했다.

진리를 세상에 처음 드러내 보이신 석가모니 부처님

진리의 등불을 이어온 조사 스님들

구도의 길을 가는 모든 수행자들

내 수행을 가능케 해준 세상의 모든 인연들에게

머리 숙여 경배 드리옵니다.

그분들의 은혜로 내 이제 한쪽 실눈을 뜨니,

온전히 두 눈을 갖춰 세상 모두에게

 보답코저 합니다.

그럼에도 정진에는 여전히 진보가 없었다. 그래서 자신을 채찍질하는 글을 써 내 방 벽에 붙여두고 보기도 했다.

아무리 잠깐 보아서라지만 그렇게 자꾸 잊느냐.

자성은 청정하지 않더냐.

청정하다 함은

깨끗하다는 말이 아니다.

깨끗함과 더러움을 떠나 있다는 말 아니던

어디 그것뿐이랴.

시비, 미추, 증애, 귀천, 범성, 취사

모든 분별 온갖 감정

그 모두를 벗어나 있음을 똑똑히 보지 않았더냐.

그러니 온갖 망념을

'나'로 알고 속아 행동하지 마라.

붙여놓고 보니 글이 너무 길다 싶어 다시 이렇게 바꾸기도 했다.

'나'라 할 것이 없거늘

온갖 망념과 시비 분별을 일으키며

나로 행세하는 이것이 무엇인고?

그것도 길어 또 다시 고치고

살기 위한 단 한마디

결코 화두 놓치지 마라.

끝내는

'이뭣고?'

가 되었다.

그래도 공부는 진전이 없었다. 여전히 내 안에선 온갖 시비 분별이 죽 끓듯이 일어났으며 남의 허물은 잘 보이고 내 허물은 고쳐지지 않았다. 저절로 한탄스런 한마디가 나왔다. 여태 이러고 있다니……. 그래서 또 만들어낸 게 이런 글이었다.

살 날이 오늘뿐이라고 여겨라.
놓지 못할 일이 뭐 있겠는가.
일체를 놓고
오직, 일대사를 궁구하라.

그걸 종이에 적어 방문 창호지 위에 붙였다. 방에 있다 나갈 때마다 보고 일깨워지고 싶어서였다. '살 날이 오늘뿐이라고 여겨라.' 그 글 때문이었을까? 삶의 종착지에서 내 지나온 한 생을 뒤돌아보면 어떤 것들이 보일까 하는 생각을 하다가 울컥 서러워졌다.

서러워 서러워 우노라.
오십 고개 어느 날,
인생 보따리 풀어보니
미움, 원망, 다툼, 욕심 따위가
한 무더기씩
이런 것들이나 메고 낑낑대며

예까지 왔는가.

뉘 볼까 놀랍고 부끄러워라.

재물, 명예를 잃어서가 아니요

늙음도 업신여김을 받아서도 아니니

미움, 다툼, 욕심으로 낭비된 삶이

남루해진 내 인생이

서러워 서러워 우노라.

13 개 아가리를 닥쳐라

　세 번 법을 물으러 갔다가 세 번 다 얻어맞기만 하고 대우 스님에게 가서, '황벽 스님이 너를 위해 그토록 간절한 노파심으로 수고를 했건만 다시 여기까지 와서 허물이 있고 없고를 묻느냐' 는 말에 대오한 임제 스님. 그 언하대오의 순간에 임제 스님은 이렇게 중얼거렸다고 한다. '황벽의 불법이 별 거 아니로구나.'
　인용하는 사람마다 조금씩 달라 도대체 뭐라고 했기에 이렇게 다를까 하는 마음으로 원문을 보았다.

　　元來黃檗佛法無多子(원래황벽불법무다자)

　무다자(無多子)를 각기 다르게 옮긴 모양이었다. 대단할 게 없군요. 번거로운 게 아니로군요. 등등. 9세기 당나라 시대의 구어나 속어일 수도 있으리라.
　한문 실력이 형편없어 원전을 보는 일 같은 건 아예 생각도 않고 사는데, 이처럼 원문은 어떻게 되어 있을까 하고 궁금해지는 때가 가끔은 있다. 조주 스님이 말한 '개 아가리를 닥쳐라'도 그랬다.

　제자가 불시에 스승의 뺨을 후려치기도 하고, 부처란 무엇이냐는 질문에 '마른 똥막대기'라고 답하고, 부처를 만나면 부처를 죽이라고 하는 등, 보통 사람들의 상상을 초월하는 행위나 말들이 모범답안으로 공인받아 당당히 활개치고 있는 터에 '개 아가리를 닥쳐라' 쯤이 무어 대수로우랴만, 그래도 궁금했다. 찾아보니 합취구구(合取狗口). 실력이랄 것도 없는 내 한문깜냥으로 봐도 그럴싸하게 번역한 것으로 보였다.

　하지만 정작 내가 궁금한 건 번역의 뉘앙스 따위가 아니었다. 어떤 장면에서 왜 그런 말을 했을까였다. 조주 스님의 말을 들어보자.

　　내가 약산 스님을 뵈었을 때 말씀하시기를, 어떤 사람이 물어오면 다만 '개 아가리를 닥쳐라' 하는 말로 가르치라고 하였다. 그러니 나 또한 말하리라. '개 아가리를 닥쳐라'고.

그 몇 줄 뒤에는 이런 말도 나온다.

　　천 사람이고 만 사람이고 모조리 부처 찾는 놈들뿐이니, 도인은 한 명도 찾을 수 없구나.

어느 상당법문에서의 말로, 그날 상당법문의 서두는 그 유명한 '금

부처는 용광로를 건너지 못하고, 나무부처는 불을 건너지 못하며, 진흙부처는 물을 건너지 못한다. 참부처는 안에 앉아 있다.' 이다. '부처라는 한마디를 나는 듣기 좋아하지 않는다.' 라는 말도 남긴 조주 스님이다.

후학을 부처로 만들어내고자 하는 스승이, 모조리 부처 찾는 놈들 뿐이라며 후학들을 못마땅해 하는 것이다. 불(佛)이라는 한마디를 듣기 좋아하지 않는다고 한 건 또 왜일까?

선사들은 한결같이 말한다. 구하거나 찾지 말라고. 구하고자 하는 순간 어긋나며 찾을수록 멀어진다고. 나는 구하거나 찾지 말라는 말을 오랫동안 이해하지 못했다. 그럼 어떡하라는 거지? 가만 있으라는 건가? 구하는 순간 어긋나고 찾을수록 멀어진다지만 구하거나 찾지 않고 어떻게 이룰 수 있다는 말인가.

몇 차례의 자잘한 체험들을 거치며 알게 되었다. 이루고자 하는 게 이미 망념이라는 것을. 구하는 마음 찾는 마음 또한 당연히 망념이다. 즉, 망념만 버리면 될 뿐이다.

그러나 이 이치에 눈뜨는 것만도 쉽지 않은 일이었을 테니. 더욱이 부처가 되겠다며 수행하노라는 그들의 모습. 조주 스님의 눈에 얼마나 턱도 없는 행위들로 보였을 것인가. 법을 묻겠다고 오는 사람들이 하는 말도 그랬을 것이고. 그래서 정신 좀 차리라며 말했던 거 아닐까. 개 아가리를 닥치라고.

개 아가리를 닥치라며 호통치고, 자기는 불이라는 한마디 듣는 것

을 좋아하지 않는다고 말하고, 모두가 부처 찾는 놈들뿐이라며 불만
스러워 한 조주 스님이 말하고자 하는 바는 무엇일까?

허다한 여러 가지 망상을 없애 버리기만 하면 자성은 본래부터
청정한 것이니, 곧 깨달음의 법을 수행하여 부처님과 나란히 되
는 것이다. 만약 이 뜻을 알지 못한다면, 설사 널리 배우고 부지
런히 수행하며, 나무먹이를 먹고 풀옷을 입는 고행을 한다 하더
라도 자기의 마음을 알지 못한 것이니라. 그것을 모두 삿된 수행
이라 하며 모두 다 천마(天魔) 외도 물과 뭍의 여러 귀신 놀음을
하는 것이니, 이같이 수행한들 무슨 이로움이 있으랴.

황벽 스님의 어록에 나오는 말이다.

14 뜰 앞의 잣나무

또 어느 날은 뜰 앞의 잣나무가 풀렸다.

후학이 석두 스님에게 물었다.

"어떤 것이 도입니까?"

"나무토막이니라."

후학이 다시 물었다.

"어떤 것이 도입니까?"

"푸른 벽돌이지."

나무토막, 푸른 벽돌이라고 말한 석두 스님의 의도도 읽혀졌다.

깨치고자 한다면 다만 무심하라. 홀연히 깨치면 곧 되는 것이요
만약 마음을 써서 배워 깨달으려 하면 그럴수록 더욱 더 멀어진
다. 모든 갈라진 마음과 취사하는 마음이 없어서 나무나 돌 같은
마음이 되어야만 비로소 도를 배울 분(分)이 있느니라. 『황벽 스님』

어느 것에도 집착함이 없어 마음이 허공 같고 마른 나무나 돌덩이처럼 되어가며, 또한 타고 남은 재와 꺼진 불처럼 되어야 한다. 그래야만 바야흐로 도와 상응할 분이 조금 있는 것이다. 『황벽 스님』

뜻을 품은 사람이 결정코 이 큰일을 믿고 들어가려 한다면, 마치 어리석은 사람처럼 가슴 속을 허허로이 텅 비우며 모든 것을 다 몰라서 천 번 쉬고 만 번 쉬어야 한다. 단박에 본지풍광을 좇아 어디에도 얽매이지 않고, 투철히 벗어나 앞 뒤가 모두 끊겨서…….『원오 스님』

곧바로 가슴 속을 말끔히 씻어버려, 가는 터럭이라도 남겨두지 않아 철두철미하게 환히 비워서 고요해야 하니…….『원오 스님』

무엇이 대승도에 들어 단박에 깨치는 요법입니까? 모든 인연을 쉬고 만사를 그만두라. 선 불선, 세간 출세간 일체 모든 법을 놓아버리고 기억하거나 생각하거나 반연하지 마라. 마음을 목석같이 하여 입 놀릴 곳이 없고 마음 갈 곳이 없어야 하니, 마음이 텅 비면 지혜는 절로 나타난다. 『백장 스님』

몸과 마음이 마른 나무나 썩은 기둥 같고 불 꺼진 차가운 재 같아야만 참으로 쉬어버린 것이다. 『원오 스님』

이런 글들을 하도 외우고 다녀서일까. 뜰 앞의 잣나무라 한 뜻이 절로 알아진 것이다.

'조사가 서쪽에서 오신 뜻이 무엇입니까?' '뜰 앞의 잣나무니라.' 하는 화두의 의심이 풀렸지만 나는 깨달아 있지 못했다. 이번에도 문지방을 넘으려다 한쪽 발만 들먹거리고 만 격이었다.

화두 수행은 오직 의심해 가는 것이다. 처음에는 의심이 잘 안되지만 간절한 마음으로 일념 집중해 애쓰다보면 공부길이 열린다. 그토록 날뛰던 망상이 차츰 가라앉으며 화두가 오롯이 드러나고, 깨어 있으면서도 고요한 화두일념의 상태가 지나면, 자나 깨나 화두가 눈앞에 있되 마치 물에 비친 달과 같이 부딪쳐도 흩어지지 않으며 헤쳐도 잃지 않는다.

거기서 다시 한껏 무르익으면 문득 댓돌 맞듯 맷돌 맞듯, 불 속에 밤이 터지듯 하며 일대사를 환하게 밝히는 것이다.

이것이 화두가 타파되고 깨달음에 이르는 과정이다. 나는 그런 과정도 없었고 깨달음이 온 것도 아니며, 왜 '뜰 앞의 잣나무'라 했는지가 그냥 알아졌을 뿐이다.

의리선, 해오(解悟)라는 말이 있다. 뜻이나 이치로 따져 가는 선, 이해해서 깨닫는다는 말로 둘 다 화두 수행에서 가장 금기시하는 항목이다. 의도한 바는 아니었지만 내가 경험한 게 그 비슷한 거겠다는 생각이 들었다.

10년쯤 전의 어느 여름 안거 때, 같이 살던 스님 중의 한 명이 자기는 화두가 모두 이해되고 풀려 의심이 안 되는 통에 하고 싶어도 화두수행을 못한다는 이가 있었다. 당시 나는 그 스님의 말을 이해하지 못했다. 화두가 이해되고 풀리다니, 그게 무슨 말일까? 일본의 어느 선종 종파는 하나의 화두를 풀고 다음 단계의 화두로 나가고, 그것이 풀리면 또 다음 단계의 화두를 하고, 이런 식으로 하는 데가 있다는 이야길 듣긴 했지만. 그때 나는 90일 결제 한철 동안 묵언을 하고 있었으므로 묻지도 못했다.

국내 최고 대학을 나와 수행을 참으로 진지하게 하던 스님. 누가 봐도 여러 전생을 수행자로 살았나 보다 하는 생각이 절로 들게 하는 스님이었다. 자기 말마따나 화두수행을 하고 싶어도 모든 화두가 이해가 되는 탓에 의심할 수 없어 화두수행을 못한다는 그 스님은 미얀마, 태국 등지를 돌며 위빠사나 수행을 한다는 말이 들리고, 티벳에서 10만 배 오체투지 하고 있는 걸 누가 봤다는 얘기도 들려오곤 했다.

어디 있는지 알 수 있다면 해제를 한 뒤 찾아가 그때 그 말뜻이 무엇이었는지, 내가 '뜰앞의 잣나무'가 이렇게 의심이 풀렸는데 스님이 안 것과는 어떻게 비교가 되는지 묻고 싶다는 생각이 들기도 했다.

조사서래의를 묻고 답한 게 조주스님만은 아니어서 같은 걸 묻고 대답한 예가 많으며, 대답도 각양각색이어서 임제 스님은 조사는 무의라고 대답했다. 조사는 뜻이 없다는 것이다. 조사는 무의라는 임제 스님의 말이 알아지면, 뜰 앞의 잣나무도 알 수 있으리라고 나는 본다.

달마 조사는 직지인심 견성성불하는 수행법을 중국에 전한 인물이다. 사람의 마음을 곧바로 가리켜 성품을 보아 부처가 되게 하는 구체적 수행법으로 달마는 밖으로 모든 반연을 끊고 안으로 모든 헐떡거림을 쉬어 마음이 흙이나 돌로 된 담장같이 되게 하라고 가르쳤다. 그걸 알아듣는 사람을 만나기까지 달마는 소림굴에서 9년을 면벽으로 지냈다.

달마가 중국 땅에 전파한 불립문자 직지인심의 견성법은 차츰 중국 불교의 주류로 자리잡아 갔다. 이심전심으로 달마의 심인을 이어받은 조사들은 성품을 보게 하는데 언어문자가 오히려 장애가 됨을 뼈저리게 알고 언어 문자를 버렸다. 설명하기를 거부하고 사람을 막다른 구석으로 몰아가길 다반사로 했으니, '이렇게 해도 안 되고 이렇게 하지 않아도 안 되며, 이렇게 하거나 이렇게 하지 않음 둘 다 안된다. 어떻게 하겠는가? 하는 물음은 그 전형적인 하나의 예다.

일체처무심. 선사들은 모든 것으로부터 무심해질 것을 요구했다. 선하다는 생각, 악하다는 생각, 옳다는 그르다는 생각, 성스럽다는 속되다는 관념, 취사선택의 마음도 버리라고 했다. 나라는 생각도 일으키면 안 되는 망념일 뿐이었다. 그야말로 일체처무심. 그래야 본래모습 본지풍광이 씻은 듯 말끔하게 드러나는 것이다.

설명을 거부하고 언어문자를 던져버린 선사들이 오직 돌덩이나 나무토막처럼 무심의 상태가 될 것을 요구하고, 사람을 막다른 곳으로 몰고 가 거기서 살아날 길을 스스로 찾아내도록 하는 과정에서, 선사들은 차츰 옛 선지식들의 언구를 의심하게 하는 방법을 찾아냈다.

그 용도로 쓰기에 적절한 옛 조사들의 언구는 얼마든지 있었다.

'뜰 앞의 잣나무니라.' '부모미생전 본래면목'. '무(無)' ….

앞 뒤 좌우를 막아놓고 거기서 살아 뛰쳐나오도록 하기 위한 가장 효과적인 장치로 무자가 선호된 건 당연한 귀결이었다. 가장 상징적이며 가장 함축적이며, 가장 압축적이고 가장 밀도 있는 단 한마디였으니까.

"개에게도 불성이 있습니까?"

"개에게는 불성이 없다(狗者無佛性)."

부처님께서 말씀하시길 불성은 모두에게 있어 땅바닥에 구물거리는 벌레에게까지도 갖추어져 있는 것이라고 했는데 왜 조주 스님은 개에게는 불성이 없다고 하는 걸까? 어째서 무라고 하는가? 사람들은 그렇게 의심해 무자 화두를 통해 가장 많은 명안종사가 배출되었다. 조주 스님과 한 후학의 문답은 '개는 불성이 없다'는 데서 끝나지 않고 후학이 다시 묻는다.

"어찌하여 개에게는 불성이 없습니까?"

"개에게는 업식성이 있기 때문이니라."

그러므로 의심하려면 업식성이란 무엇인가? 혹은 개에게는 왜 업식성이 있는가? 또는 업식성이 무엇이기에 불성을 없게 하는가? 등을 의심해야 할지 모른다.

그러나 조사들에게 그런 따위 문제가 되지 않는지 무를 붙들고 의심하라 했고 조주무자는 화두선 최고의 대박상품이 된 것이다.

인간은 숙명적으로 끊임없이 묻고 답을 찾는다. 나는 누구인지? 무엇인지? 어디에서 와서 어디로 가는지? 그걸 알고파 답을 찾아 두리번거리는 그것이야말로 인간의 운명이라고 나는 생각한다. 그럴 수밖에 없지 않을까. 본래의 상태에서 떠나 있어 편안치 못하므로.

물질문명의 한계를 절감하고, 자기가 누구인지 알고 싶어 하는 인류의 오랜 의문에 새삼 갈증을 느끼는 서양세계가 한국 선불교에서 어떤 가능성을 발견하고 차츰 주목의 눈길을 보내는 일이 잦아지자, 한국 선불교의 세계화, 중흥 내지는 도약의 기회라며 적지 않은 이들이 희망에 젖어 있는 듯도 하지만 걱정하는 사람은 더 많다. 그들의 요구에 답할 만큼 되어있지 못하다는 우려에서이다.

한국 화두선은 위기이다. 10년 20년씩 하던 화두를 버리거나 젖혀 두고 위빠사나 수행처를 찾아가는 이들이 드물지 않다. 화두선 조금 해보고, 아니면 처음부터 바로 그쪽으로 가는 이들도 꽤 있다고 한다. 이 땅에 위빠사나 수행공간은 또 얼마나 많이 생겨나고 있는가.

우후죽순 격으로 들어서고 있는 제3 수행법은 또 어떤가.

위기란 위험과 기회의 합성어로 지금의 상황이 기회일 수도 있다며 한국 화두선 수행의 내실화, 고급화를 부르짖는 이들이 많지만 어려움은 여전하다. 화두 하나에 목숨 걸고 있다는 이들이 점점 줄어들고, 훤칠한 인물이 나오지 않는다고 아우성이다. 도인을 배출해내는 시스템에 문제가 생긴 걸까? 대안은 없는가?

대안은 필요치 않으며 문제가 있다면 자기에게 있는 자기의 문제일 뿐인데 왜 문제 운운하며 대안 따위의 얘기를 해 한국 선불교를 흔드느냐는 이들도 적지 않다. 그럴 수도 있으리라. 하지만 사람들의 욕구 기대에 부응하지 못하는 그것이 위기라고 나는 생각한다.

한 후학이 취미 스님에게 '조사서래의'를 물었다.

"조사께서 서쪽에서 오신 뜻이 무엇입니까?"

"사람이 없거든 말해주겠노라."

취미 스님이 그렇게 말하고 밭으로 들어가자, 그 스님이 말했다.

"여기에는 아무도 없습니다. 스님께서는 말씀해 주십시오."

취미 스님은 대나무를 가리키면서 말했다.

"이 대나무는 이처럼 크게 자랐고 저 대나무는 저처럼 작구나."

그 스님은 홀연히 크게 깨쳤다.

15 슬픔, 고통은 마음에서 일어난다
마음을 소멸하라

슬픔, 고통은 마음 안에서 일어난다. 마음이 소멸되면 그들도 소멸된다. 마음을 어떻게 소멸하는가? 마음을 찾아보라. 그러면 그것은 사라질 것이다. 마음은 생각들의 다발에 불과하다. 그 생각들은 생각하는 자가 있기 때문에 일어난다. 그 생각하는 자가 에고이다. 이 에고를 찾아보면 그것은 자동으로 사라진다.

일 년이 넘도록 어록에서 옮긴 글들을 외우고 다녀서인가. 위에 인용한 글이 읽자마자 한눈에 들어왔다. 보기에 따라서는 꽤나 난해한 글일 수도, 몇 번이고 거듭 손가락을 짚어가며 주의 깊게 읽어야 무슨 말인지 알아질 것 같은 그 글이 그날따라 한 번에 그대로 들어오며 즉시 외워졌다.

마하리쉬를 찾아온 한 노신사가 물었다.
"저는 처자식과 사별해 슬픔에 잠겨 있습니다. 저는 마음의 평안을 구합니다. 어떻게 하면 그것을 얻을 수 있겠습니까?"

81

"탄생과 소멸, 즐거움과 고통은 마음 안에서 존재합니다. 그러므로 마음이 소멸되면 그 모든 것도 소멸됩니다."

"마음을 어떻게 소멸합니까?"

"마음을 찾아보십시오. 찾아보면 그것은 사라질 것입니다."

"마음을 어떻게 찾습니까?"

"내면으로 뛰어드십시오. 그대는 지금 마음이 내면에서 일어난다는 것을 압니다. 그러니 내면으로 가라앉아서 찾아보십시오."

"그것을 어떻게 해야 하는지 아직 잘 모르겠습니다."

"'나' 라는 생각을 기억하면서 그 근원을 찾아보십시오."

무슨 일론가 가족을 모두 잃고 달랑 혼자 남은 노신사가 마하리쉬를 찾아와 슬픔, 고통을 호소하며 평안을 구하는 장면이다. 마하리쉬는 곧바로 가리켜 말한다. 슬픔, 고통은 마음 안에서 일어나는 것이니 마음을 없애라고, 마음이 없어지면 슬픔, 고통도 소멸된다고. 한 번도 그런 일을 해보지 않았을 노신사는 몇 번이고 묻고 있다. 서두에 인용된 글은 마하리쉬의 가르침이 정리된 형태의 것이다.

나는 위의 글을 보며 달마 스님과 훗날의 혜가가 마주 선 장면이 떠올랐다.

"무엇을 구하느냐?"

"제 마음이 편치 못합니다. 제 마음을 편안케 해주십시오."

"편안치 못하다는 그 마음을 가져오너라."

"마음을 찾을 수가 없사옵니다."

"내가 너의 마음을 편케 해주었노라."

　한쪽은 마치 수학의 공식을 전개해 답을 이끌어내는 것 같고, 다른 한쪽은 거두절미하고 고갱이만 내보이는 것 같은 차이가 있지만 둘은 같은 이야기를 하고 있다. 마하리쉬의 말을 좀 더 들어보자.

　생각이라는 것이 일어나고 있기 때문에 그 생각이라는 것이 일어나는 곳이 있을 것이라고 짐작하고 그것을 마음이라고 부른다. 그러나 그것이 과연 무엇인지 탐색해 들어가면 마음 같은 것은 실제로는 존재하지 않는다는 것을 알게 된다. 이렇게 해서 마음이 사라지고 나면 영원한 평안을 깨닫는다.
　어떤 생각이 일어나면 '나'라는 생각이 나서서 그 생각의 주인 행세를 하지만 (내가 생각한다. 내가 원한다. 내가 행위한다. 따위) 동일시할 대상 없이 독립적으로 존재하는 별개의 '나'는 없다. 그런데도 그것이 하나의 연속되는 실체처럼 보이는 것은 대상과의 동일시가 끊임없이 일어나고 있기 때문이다.

　무심하기도 해라 그 사람. 벌써 몇 달째 소식 하나 없으니. 우리는 이처럼 '무심'이라는 낱말을 일상적으로 사용하는 탓에 그 단어에 익숙해 있다. 그 의미를 알고 있는 것이다. 그런 까닭에 무심해지라는 선사들의 말을 낯설어하지 않는다. 비록 그렇다고 금방 무심해질 수 있는 건 아니지만.

그러나 같은 내용이건만 마하리쉬의 말에는 당장 당혹스러워진다. '마음을 탐색해 들어가면 마음 같은 것은 실제로는 존재하지 않는다는 것을 알게 된다. 이렇게 해서 마음이 사라지고 나면 영원한 평안을 깨닫는다.'

마음이 사라지고 나면? 그런 상태도 있는가? 살아 있는 사람으로서 그게 가능한 일인가? 두렵기조차 한 사람도 있을 것이다.

16 속박이란 없으므로 해탈도 없다

"저를 해탈케 해주십시오."

"누가 너를 묶었느냐?"

"아무도 저를 묶지 않았습니다."

"그런데 왜 해탈을 구하느냐?"

 널리 알려져 있는 대화, 2조 혜가 스님과 3조 승찬 스님이 나누는 이야기이다. 자신이 갖가지 것들로 묶여 있으며 그런 까닭에 편안치 못하고 고통이 있는 것이라고 생각하기는 세상 어디나 마찬가지인지, 마하리쉬에게도 해탈을 구하는 이들이 많이 찾아온 듯하다. 마하리쉬는 그들에게 뭐라고 했을까?

 해탈이란 속박으로부터 벗어난다는 뜻이다.

 그러나 속박이란 없으며 따라서 해탈도 없다.

 해탈이란 새롭게 얻어지는 것이 아니다. 속박되어 있다는 그릇

된 관념을 버리기만 하면 된다. 해탈을 바라는 한 그만큼 오래
속박되어 있을 것이다.

'해탈을 바라는 한 그만큼 오래 속박되어 있을 것이다.'라는 짧은
문장이 내게 준 놀라움과 깨우침이 아직도 생생하다. 해탈을 바라는
마음 자체가 이미 자기를 속박하고 있는 탓에 해탈을 바라는 한 언제
까지나 속박되어 있을 거라는 말 아닌가. 참으로 단순명쾌하면서도
핵심을 찌르는 글. 우리의 무지와 착각을 일깨우기 위한 마하리쉬의
말은 곳곳에서 아름다운 문장으로 발견된다.

우리는 항상 자유로운데도 불구하고, 우리가 속박되어 있다고
상상하면서 자유로워지기 위해 갖가지 힘든 노력을 하고 있습니
다.

우리는 실체와 다르지 않은데도 실체와 다르다고 생각한다. 즉
스스로 실체와의 괴리감(다르다는 느낌)을 만들고는 이 괴리감
을 없애고 실체와 하나임을 깨닫기 위해 엄청난 수행을 하고 있
다. 왜 괴리감을 상상해내고 다시 그것을 없애려 하는가.

무한한 존재인 그대의 참 성품에 스스로 한계를 설정한 다음, 그
대가 하나의 유한한 존재라고 생각하며 운다. 그리고 존재하지

도 않는 그 한계를 벗어나기 위해 이런 저런 수행을 하고 있다.

하나 더 인용해 보기로 하자.

우리는 우리의 실체를 가리는 뭔가가 있으며 그것을 제거해야만 실체에 도달할 수 있다고 생각한다. 우스운 일이다. 언젠가 그대가 자신의 지난 노력에 대해 웃음을 터뜨릴 날이 올 것이다. 그대가 웃는 그날에 존재할 그것이 지금 여기 그대로 존재하고 있다.

이 얼마나 우리를 놀랍게 하는 말들인가. 선사들도 똑같은 말을 수도 없이 했다. '소를 타고 있으면서 소를 찾는구나.' '부처가 부처를 찾아다니는구나.' 귀에 더께가 앉도록 많이 들었지만 여전히 알지 못해 두리번거릴 뿐인 우리들. 임제 스님의 말은 보다 직설적이다.

부처도 없고 법도 없으며 닦을 것도 깨칠 것도 없건만 머리 위에 또 머리를 얹는구나. 너희에게 부족한 것이 무엇이냐?

뭐가 잘못된 걸까 우리는? 무엇에 홀려 있기에 깨어나지 못하는 걸까?

17 이제는 그만 환에서
깨어나고 싶지 않은가

마하리쉬는 모든 슬픔과 고통, 무지와 망상이 '나'로 인해 생겨나는 것이니 '나'의 정체를 파악해 소멸시키라고 한다. 그 구체적 방법은 '나는 누구인가?' 하고 끊임없이 묻고 들어가는 것이다.

> '나는 누구인가?' 하는 탐구에서 '나'는 에고이다. 이 물음이 실제로 의미하는 것은, 이 에고의 근원 또는 시초가 무엇이냐 하는 것이다. 『진아여여』

이 물음의 목표는 육체와 마음의 모든 활동에 대해 책임을 지고 있다고 생각이 드는 이 '나'를 끊임없이 자각하도록 하기 위한 것이라고 한다. 그러나 이런 일에 익숙할 리 없는 대부분의 사람들은 묻는다.

"저 자신에게 '나는 누구인가' 하고 물어보면 아무런 답도 나오지 않습니다. 이러한 상태로 있는 것이 이 수행법입니까? 그렇습니까?"

"나는 누구인가를 계속 반복해서 그것이 하나의 진언처럼 되도록 해야 합니까?"

"그것을 어떻게 합니까? 그것이 바로 문제입니다."

"그 방법을 말씀해 주시겠습니까?"

"어떻게 해야 할지 잘 모르겠습니다." 등등.

나는 누구인가? 하고 묻는 이 탐구법은 화두를 의심해가는 간화선 수행법과 닮은 데가 많다. 그런 까닭에 나는 마하리쉬의 설명을 듣고도 단 한 발자국도 나가지 못하며 어떻게 해야 할지 모르겠다고 하소연하는 질문자들의 심정을 이해할 수가 있다. 이러이러하게 하는 것이라고 듣고 시작하지만 간화선 수행자들도 처음에는 화두 드는 방법을 몰라 한동안 애를 먹는 수가 많으니까.

더욱이, 일념으로 화두 하나를 놓치지 않고 의심해 가는 게 어디 그렇게 쉬운 일인가. 물 밑에 붙들려 있는 사람이 살기 위해 수면으로 올라오려고 발버둥치듯 하는 간절함으로 나는 누구인가? 하고 물어야 한다고 마하리쉬도 말한다.

마하리쉬의 가르침을 정리해 책으로 묶은 제자들의 말을 빌리면, '나는 누구인가?' 하는 물음은 마음을 분석하여 그것의 본질에 관한 어떤 결론에 도달하고자 하는 것도 아니고, 하나의 진언적 공식도 아니다. 단지 우리의 주의를 생각과 지각의 대상들로부터 그것을 생각하고 지각하는 자에게로 쉽게 돌려놓기 위한 하나의 도구일 뿐이다.

제자들은 또, '나는 누구인가?' 하는 물음에 대한 해답은 마음속에서 또는 마음에 의해 찾아지지 않는다. 그에 대한 단 하나의 진정한 답은 마음이 사라진 상태를 체험하는 것이라고 말한다. 여기서 하나 지적하자면, 일시적으로 체험하는 것이 아니라 마음이 사라진 상태가 되는 것이라고 나는 본다. 제자들의 작은 실수이리라.

『진아여여』라는 제목의 책으로 마하리쉬의 가르침을 우리에게 전하는 한글판 역자는 더욱 쉽고 분명하게 말한다. 우리들 대부분이 전혀 의심조차 하지 않고 지켜온 이 '나' 라는 것이 가짜이며 우리가 그 근원을 탐구해 들어가면 이 '나' 가 사라지고 상주불변의 진아가 드러난다는 게 마하리쉬의 말이라고, 그렇게 되도록 하려는 게 마하리쉬의 가르침이라고.

그렇다면 이 가짜의 '나' 를 없앤 사람들은 대체 무얼 보며, 어떤 상태가 되는 걸까?

마음이 이미 활동을 그쳐버린 진인, 즉 진아를 깨달은 이는 죽음에 의해 아무런 영향을 받지 않는다. 진인의 마음은 아주 사라져서 존재하지 않으며, 탄생과 죽음을 만드는 일이 없다. 그에게는 (나고 죽음이라는) 환상의 사슬이 영원히 끊어진 것이다.

나로서는 아직 알 수 없는 경지이니, 다만 원오 스님의 말을 대비시켜 보고자 한다.

생사의 허깨비가 영원히 소멸하고 금강의 참 모습이 홀로 드러
나 한 번 얻으면 영원히 얻어 끊어짐이 없다.

생사도 나를 어찌지 못하는데, 더구나 그 밖의 일이야 말해 무엇
하랴.

삶을 찾아도 끝내 찾을 수 없는데, 어찌 죽음이 있겠습니까?

진인의 경지에 들어선 이의 말과 선사의 말을 하나 더 대비시켜 보
자.

진인은 자신이 육신이 아니라는 것을 알고 있으며, 따라서 비록
그의 육신이 어떤 행위를 한다 할지라도 그 자신은 아무 행위도
하지 않는다는 것을 알고 있다.

종일토록 무얼 해도 함이 없으며…….

『원오 스님』

어떤가? 그렇게 되고 싶지 않은가? 그것이 우리들 본연의 경지란
다. 잠에서 깨어나듯이 이제는 그만 환에서 깨어나고 싶지 않은가.

18 20년이고 30년이고 해서 해내리

남이 욕할 때도 괴롭지 않아
시비를 말하지 않나니
내 집의 근본 종지를 사무쳐 알아
분별이 없어라.

나는 이 글을 참 많이도 외우고 다녔다. 대주혜해 스님의 돈오입도
요문론에 나오는 글로, 앞뒤로도 다른 글들이 연결되어 있고, 원문은
'남이 욕할 때도 괴로움이 없고 시비를 말하지 않나니, 열반과 생사
가 같은 길이로다. 내 집의 근본 종지를 사무쳐 알아 분별이 없어
라.' 인 것을 '열반과 생사가 같은 길이로다'를 내 임의로 빼고 만든
것이다.

혜해 스님의 말 그대로 남이 나를 욕한다 할지라도 괴로워하지 말
자는 각오에서였다. 괴로운 마음이나 생각이 일면 대응하고 싶어지
며 그건 공부인의 자세가 아니니, 기를 쓰고라도 괴롭다는 마음도 시
비심도 내지 말자 했던 것이다.

혜해 스님이 마조 스님의 처소에 이르니, 마조 스님이 물었다.

"무엇을 구하려고 하는가?"

"불법을 구하러 왔습니다."

"자기 집의 보배창고는 돌아보지 않고 집을 떠나 사방으로 돌아다니면서 무엇을 구하려 하는가?"

"어떤 것이 혜해 자신의 보배창고입니까?"

"지금 나에게 묻고 있는 것이 너의 보배창고이다. 일체가 구족하여 조금도 모자람이 없고 사용이 자재한데 어찌하여 밖으로 구하려 하는가?"

혜해 스님은 이 말에 기뻐 마조 스님께 절을 올리고 6년을 모시고 살았다고 한다.

누군가의 험담에 괴롭지 않으려면 '나'라는 생각이 없어야 한다. 또한 가슴 속에 시비심도 없어야 한다. 혜해 스님은 자기 집의 근본종지를 알아 분별이 없는 까닭에 남이 욕할 때도 괴로움이 없고 시비할 마음도 없는 거지만, 나는 근본종지도 모르고 시비 분별심 나라는 생각이 아직도 넘치도록 많으니, 편치 않은 말을 듣게 될 때마다 부지런히 이 글을 외우는 거다. 그런 생각이었다.

내가 이렇듯이 여기 저기 어록의 글들을 옮겨 적어(때로는 내 형편에 맞게 글을 조금씩 바꾸기도 하면서) 주절주절 외우고 다니는 이유는 한마디로 어떡해서든 화두공부에 진전이 있기를 바라는 마음에서였다.

욕됨을 참거나 시비 분별심을 내지 않는 게 간화선 화두수행에 필

요불가결한 요소인 건 아니다. 널리 알려진 대로 화두수행을 하는
데는 대신심, 대의심, 대분심의 세 가지를 갖추라고 했지 인욕 하라
느니 시비 분별심을 내지 말라느니 하는 말은 없다.

대신심 : 부처님과 조사 스님들이 밝힌 진리의 세계를 굳건히 믿
는 마음. 수행을 통해 나도 진리의 세계에 들어설 수 있다는 믿음.
대의심 : 자기가 들고 있는 화두에 대해, 왜 어째서 그런가? 하고
크게 의심하는 마음.
대분심 : 석가모니 부처님과 역대의 모든 조사들이 모두 어머니
뱃속에서 나온 사람이었으며 나 또한 그들과 하나도 다를 게 없
는 사람인데, 그들이 해낸 일을 나는 아직도 못해내고 있다니.
반드시 해내고야 말리라는 분한 마음.

이렇게 세 가지 마음이 화두공부를 이끌어가는 큰 동력인 것이다.
이들 마음을 연료삼아 공부를 해나가면 인욕이 절로 되고, 시비 분별
심이 절로 없어져가는 것이다.
그런데 나는 대신심, 대의심, 대분심 중 어느 하나도 제대로 갖춰진
게 없어서인가 화두공부가 영 지지부진 했다. 대신심, 대의심, 대분
심은 고사하고 내가 화내는 마음, 시비 분별심 등으로 살림을 하고
있구나. 그런 것들에 얽매여 있어 공부가 나아가지 못하나 보구나
하는 생각이 들었다. 이 공부를 위한 기초체력조차 되어 있지 못한

거야. 그렇다면 나를 묶고 있는 그런 시비 분별심부터 끊어내자는 생각을 한 것이다.

하나 둘씩 늘어 어느덧 50여 개에 이르는, 내가 외우고 다니는 글들은 그런 까닭에 주로 시비 분별심을 없애라고 하는 게 주된 내용이었다. 가까이에 두고 내가 즐겨보는 어록 중의 하나인 원오심요에도 그런 글이 많았다.

간화선 수행체계를 확립한 대혜 스님은 원오 스님의 제자인 바, 원오 스님이 살던 시대는 일체의 시비 분별심을 없애 그것들에 의해 가리어져 있던 불성이 드러나게 하는 달마 이래의 수행법에 더해, 선사들의 특정 언구를 의심해 깨달음을 성취하는 간화선 수행법이 차츰 자리를 잡아가던 시기로, 원오심요에는 그 두 가지 수행법이 모두 권해지고 있다.

그랬는데 어느 땐가부터 나는 원오심요를 보면서 새로이 이런 글들에 밑줄을 긋고 있었다.

백천 번을 단련해서 순금을 만들듯 나날이 망상을 덜고 도를 늘려가야 한다.

대장장이의 천만 번 풀무질과 담금질 속에서 나온 진금이 만세토록 변치 않듯.

향림 스님은 40년만에야 '한 덩어리'를 이루었고 위산 스님은 30년을 한 마리 물소를 길렀다.

20년이고 30년이고 그렇게 해 나가면서 이론이나 주장을 끊고, 기연과 경계를 파하고 쉬어버리면 홀연히 무심해지니, 그곳이 안락하게 쉬는 경계이다.

원오심요를 보던 처음에는 눈에 띄지도 않던 글. 내게 가장 급한 가르침인, 시비 분별심을 버리라는 글들에 가려 보이지 않던 것들이었다. 그랬는데 30여 개 남짓한 그걸 외우고 다니길 몇 달 하는 동안, 어느 결에 새로이 그런 글들이 눈에 들어오기 시작한 것이다.

백 번 천 번을 단련해 순금을 만들어내듯이 해야 되는 것이다. 20년이고 30년이고 해야 된다지 않느냐.

나는 화두 하나를 간절한 마음으로 의심해 한 순간에 화두를 타파하며 대오견성하고 싶었다. 3 · 7(21)일만에 해내는 수도 있다지 않은가. 내 근기에 그런 기대까지는 못해도 한 3년 해서 마쳐야지 20년이고 30년이고 해야 한다니. 내 나이 벌써 오십대 초반. 20년 30년 후엔 70살 80살인데 그때 깨달은들 무얼 할까. 죽을 날이 낼 모레일 텐데.

공자님은 아침에 도를 들으면 저녁에 죽어도 좋다는 말을 했다지만, 공자님도 도를 아는 그 시기를 40대나 50대 늦어도 60대쯤에다 두고 한 말이 아닐까. 늙어 다 죽게 된 마당에 도는 무슨.

도업일랑 빨리 해치우고 다른 일이라도 하려 했는지, 아니면 도를 터득한 도인 행세도 못하고 죽을까봐 걱정이 됐던지 70, 80세에 도를 깨우친들 무얼 하랴 하는 생각이 들던 때였다.

그러나 언제부턴가, 20년 30년이고 해서라도, 칠십 팔십 세에 이른 뒤에라도 깨달음에 들 수만 있다면 하자. 지금부터라도 새롭게 시작하자 하는 생각이 자리 잡아 가고 있었으니.

나는 그렇게 해서라도 기필코 해내고 싶었다. 해내야 한다고 마음 먹었다. 20년 30년인들 어떠랴. 아득하게 느껴지는 시간이지만 그래도 금생에 해 마치는 거다. 나는 이미 이거 말고는 달리 하고 싶은 게 없어져가는 사람 아닌가.

나는 연필로 밑줄을 그은 곳들을 붉은색 펜으로 다시 한 번 더 밑줄 쳐 갔다.

이삼십 년씩 오래도록 길러 푹 익어야만 깨달아진다.

진실로 믿고 또 믿어서 깨달음을 목표로 삼을지언정 더디고 늦는 것을 걱정하지 말라.

19 철들자 늙는다더니

윤회하는 삶 속에서 이 한 생은

자그마하고 덧없는 한 조각일 수 있다.

그런 이생에서 만나는 이들에 대해

불편함, 미움, 악의, 성내는 마음을 갖지 마라.

그들 또한 자기의 삶을 열심히 사는 이웃이며

자기 인생에 충실하고자 하는 이들이다.

그대 인생의 벗이며 함께 가는 그들에게

평화와 행복 있으라고 축원하라.

또한 이렇게 보라.

그대를 기쁘게 하든 화나게 하든

그대에게 큰 파장을 일으키는 이일수록

그대와 여러 생에 걸친 영혼의 동료이다.

그대의 수행을 돕는 이들이며

그 자신의 영혼을 진화시키고자 애쓰는 이들이다.

어찌 그들을 미워하고 불편해할 수 있으며

어찌 그들에게 나쁜 마음을 갖거나 화낼 수 있으랴.

그들에게 평화와 행복 있기를 기도하라.

　며칠 애쓴 끝에 다시 화두가 선명해졌다. 화두가 선명해진다는 내 표현은 화두에 정신이 집중 되면서 화두가 뚜렷해지는 걸 이르는 말이다. 그때쯤이면 부질없이 오락가락하던 뭇 생각들이 자취도 없이 스러지고, 맑은 가을 밤하늘에 달 하나 떠 있듯 화두 하나만 드러나 있어 고요하다.

　거기서 더 나가야 하는 것이다. 이제야 비로소 화두에 힘이 실린 초입 단계. 그러나 나는 거기까지 오기만도 적잖이 애를 써야 한다. 뭉쳐진 화두가 앉고 일어서는데, 오고 가는데, 먹고 싸는 일에 상관없이 흩어지지 않게 하려면 더 많은 노력, 더 많은 집중이 요구되는데 정작 나는 이미 지쳐 있다.

　나는 모처럼 뭉쳐진 화두가 온전하게 혹은 더욱 뭉쳐지며 24시간이 유지된 적이 없다. 매양 잠시 뭉쳐졌다가 차츰 희미해져 종내에는 구름 흩어지듯 스러지곤 했다. 화두가 뚜렷하게 뭉쳐져 있는 그 상태를 하루나 3일, 일주일 정도만 잃지 않고 유지하면서 화두에 가속이 붙으면 한철에 이 일대사를 해 마칠 수도 있겠다는 생각에 몸이 달곤 하지만, 늘 힘이 부쳤다.

　부끄럽구나. 다 늦은 나이에 해보겠다고 이렇게 허둥대고 있으니. 아무 것도 아닌 것들, 덧없이 사라져갈 것들에 정신을 빼앗겨 보낸 세월아, 미안하구나. 참으로 철들자 늙는다더니.

20 들어와도 30방, 나가도 30방

한 스님과 차를 마시고 있었다.

"동화사에 살 땐데, 조실스님이 한 사람씩 방으로 불러들여 점검을 하시는 거야."

"……."

"내 차례가 돼 들어가 절하고 앉으니까, 조실스님이 손가락으로 눈앞에 원 하나 그리더니 묻는 말이, '이 원 안으로 들어와도 30방을 맞을 것이고 나가도 30방을 맞을 것이다. 어떻게 해야 면할 수 있겠느냐? 일러라.' 그러시는 거야."

"그래서요?"

"뭐, 깜깜 아무 것도 모르겠더라고. 솔직히 말했지. '이 공부를 시작한지 얼마 안 되어 모르겠습니다' 하고."

"그랬더니요?"

"열심히 하라는 말씀 하시더군."

"……."

"어떤 스님은 일러라 하는 말끝에 일어나서 정중하게 삼배를 했는데, 조실스님이 고개를 흔들며 아니라고 하더래."

"내가 봐도 아닌 것 같네요 그건. 이렇게 해보지 그랬어요."

"어떻게?"

"조실스님에게 다가가서 깔고 앉은 좌복(방석)을 확 잡아 빼는 겁니다. 그럼 뒤로 벌렁 넘어지지 않겠어요. 그때 묻는 겁니다. 이러할 때 어떠하십니까? 하고."

"글쎄, 그래볼 걸 그랬나."

말끝에 두 사람은 웃었다.

불만스러워서였다. 몇백 년 전의 케케묵은 수법이나 쓰고 있는 조실스님이. 지금 이 순간에도 곳곳에서 수많은 수행자들이 이 공부에 매달려 진이 빠지도록 애쓰고 있는데, 그들을 격발시켜 나아가게 하지는 못하고 옛사람들이 남긴 찌꺼기나 손에 들고 흔들고 있다니. 옛 선사들의 흉내나 내고 있는 행태가 못마땅해서였다.

허공에 원 하나 그린 뒤 들어오느니 나가느니 하는 게, 지금 이 공부와 무슨 상관이 있습니까. 옛 조사 스님들이야 그럴 수 있었다지만 불시에 뒤로 넘어진 지금 이 순간, 스님은 어떠하십니까? 그렇게 항의하고 싶어서였다.

아아! 그러나, 두 사람의 헛웃음이 채 끝나기도 전에 번쩍하는 게 있었으니. 전율이 왔다. 이거구나. 내가 본 '이것'을 말하는 거구나. 아아! 이런. 조실스님이 옛 사람들이 쓰고 난 찌꺼기나 쥐고 흔드는 게 아니구나. '이것'을 묻고 있구나. 이렇게 말하면 되는 거야. 자성은 안과 밖이 없으며 오지도 가지도 않거늘, 무슨 들어오고 나감이 있으리오. 아니면 북북 지워 버리던가.

조실스님은 자성을 보아 알고 있는지, 자성으로 살고 있는지 물은 거였다. 눈 밝은 수행자가 있는지 찾아본 거였다. 육체에 갇혀 육체가 다 인줄 아는 범부는 무얼 묻는건지를 몰라 천년이 가도 대답할 수 없다.

본지풍광은 안도 밖도 없다. 어디에나 두루 미쳐 있는 탓에 온다는 말도 간다는 표현도 맞지 않는다. 여기니 저기니 하는 공간개념도 통하지 않는 데가 본지풍광이다. 그런 한 물건에 어디 오고감이 있으랴.

조용히 차 마시는 일을 마치고 내 방으로 돌아와 황벽 스님의 글을 다시 보았다.

신령스런 깨달음의 성품은 시작조차 없는 옛날로부터 허공과 수명이 같아서 한 번도 생기거나 없어진 적이 없으며, 있은 적도 사라진 적도 없다.

더럽거나 깨끗한 적도, 시끄럽거나 고요한 적도 없고, 젊지도 늙지도 않으며, 방위와 처소도 없고, 안팎의 구분도 없다. 또한 갯수로 셀 수량이나 형상, 색상, 소리도 없다. 그러므로 찾을래야 찾을 수 없고, 지혜로써 알 수도 없으며, 말로 표현할 수 없으며, 경계인 사물을 통해서 이해할 수도 없고, 또한 힘써 공부한다 해도 다다를 수 없다. 모든 불보살과 일체의 꿈틀거리는 벌레까지라도 똑같이 지닌 대열반의 성품이다.

마하리쉬의 글도 보았다.

순수의식은 분할할 수 없으며 부분이 없다. 그것은 아무런 형상과 모양이 없으며 안도 밖도 없다. 그것에는 오른편도 왼편도 없다. 그것은 일체를 포함하며 그 어느 것도 그것의 밖에 있거나 그것과 떨어져 있지 않다. 이것이 궁극적인 진리이다.

선사들의 문답 속에 무게를 잴 수 없는 우주의 이치가 실려 있음을 이제야 알 것 같았다. 깨달음에 들어선 덕산 스님은 천하 노화상들의 말을 다시는 의심하지 않겠다고 했다.

눈뜬 이들에게 본지풍광의 이 세계는 이렇게도 명명백백한가 보구나. 우리가 무지와 망정으로 못보고 있을 뿐이구나. 이 일이 있음을 알았으니 내 이걸 해내자.

유럽에서 온 어느 사람에게 마하리쉬가 말했다.

그대는 '저는 히말라야 너머에 있는 저의 나라에서 이 아쉬람까지 왔습니다' 하고 말합니다. 그러나 그것은 진실이 아닙니다. 단 하나의, 일체에 두루하는 영인 바로 그대 자신에게 어디 '옴'이 있고 '감'이 있으며 어떤 움직임이란 것이 있단 말입니까? 그대는 항상 있어온 거기 있는 것입니다. 한 곳에서 다른 곳으로 움직여서 혹은 운반되어서 이 아쉬람까지 온 것은 그대의 육체입니다."

갑자기, 그동안 수행이라고 한 게 아무 것도 없다는 생각이 들었다. 늘 그 틀을 벗어나지 못했다. 자기의 좁디좁은 눈으로 보고, 편견으로 가르고 시비하고. 그런 줄 알고는 있었지만, 이 순간 아무 것도 해 놓은 게 없다는 생각이 유난히 절절했다.

해놓은 게 하나도 없어 앞에 놓인 게, 헤쳐가야 할 것들이 너무도 많은 것 같다는 압박감이 왔다. 그렇다고 포기할 수는 없다. 수행이 이제부터 시작되는 거라는 생각마저 들었다. 그래, 수행하자. 온몸으로 수행하자. 매 순간 수행하자.

자기를 놓치지 말자. 화나는 마음, 바라는 마음, 미운 마음이 들 때 이미 자기를 놓친 것이다. 역경계의 사람들에게 감사하라. 나를 공부시키는 사람들 아닌가. 오직 화두 일념하라.

21 간화선

　달마 스님은 밖으로 모든 인연을 쉬고 안으로는 급한 여울물 흐르듯 하는 걸 멈춰, 마음이 흙이나 돌로 만들어진 담장 같아야 깨달음에 들 수 있다고 했다.

　그러나 어떻게 쉬어야 하는가? 어떤 것이 쉬는 것인가? 마음은 잠시도 가만히 있지를 않는데.

　불세출의 선사들도 자신의 마음자리를 밝히지 못한 무명의 시절엔 들어갈 곳을 찾지 못해 노심초사 했듯이, 종문제일서라는 불후의 명저 벽암록을 남긴 원오 스님도 일대사를 마치기 전에는 마음을 쉬어야 얻을 수 있는 그 자리를 얻지 못해 전전긍긍했다.

　일찍이 경학에 밝아 제방의 큰스님이라 하는 이들을 찾아다니며 논설로 그들을 제압하기도 하고, 혹은 종사라는 인정을 받기도 했다. 그러나 원오 스님 자신은 알고 있었다. 가슴 속의 일을 아직 밝히지 못했음을. 그러던 중 오조법연 스님을 찾아보라는 권유를 듣고 오조 스님에게로 갔다.

　오조 스님은 원오 스님의 견해를 일체 인정하지 않았다. 원오 스님 자신의 말에 따르면 '처음에는 이리 저리 재주를 부려보았고, 다음으로는 논리를 세워 설명하였으며, 끝에 가서는 해보지 않은 것이 없었다. 그러나 꺼내는 족족 물리치시니, 자기도 모르는 결에 눈물이 쏟아졌다.'고 한다. 그럼에도 끝내 들어갈 수가 없어 재삼 이끌어 주시기를 간구하니 오조 스님은 말했다.

"네가 견해로써 헤아리는 것이 다하여 일시에 모두 없어져버리면 자연히 깨달으리라."

그 말에 의지해 다시 참구해 얻은 견처를 가지고 스승의 방에 들어가 이런 저런 말을 해대니 오조 스님은 '무슨 횡설수설이냐'며 역시 인정치 않았다.

떠나는 원오 스님에게 오조 스님이 말했다.

"네가 죽음이 목전에 이르렀을 때에야 너의 공부가 쓸모없는 것이었음을 알게 되리라."

스승을 떠난 원오 스님은 실제로 중병에 걸렸다. 이제까지의 자신의 수행력, 모든 공부, 지식이 죽음을 목전에 둔 중병 앞에 아무런 해결책, 힘이 되지 못했다. 원오 스님은 그때서야 비로소 자신의 공부가 한낱 지식에 불과했음을 알고 오조 스님에게 되돌아왔다. 스승을 떠난 지 2년만의 일이었다.

어느 날, 오조 스님과 고향이 같은 한 관리가 관직을 내놓고 귀향하는 길에 오조 스님을 방문해 불법에 대한 이야기가 오갔다. 오조 스님은 선의 심요는 언어 밖에 있다는 걸 말하고자 '자주 소옥을 부르지만 소옥에겐 일이 없네. 다만 낭군에게 알리는 소리일뿐.' 이란 구절을 읊었다. 곁에서 듣고 있던 원오 스님이 그 말에 깨우친 바가 있었다. 퇴직 관리가 떠난 뒤 원오 스님이 스승에게 물었다.

"그가 알아들었을까요?"

"다만 소리를 들은 것 같네."

원오 스님이 다시 물었다.

"그가 낭군의 소리를 들었으면 그것으로 족하지 않습니까? 왜 안 된다는 말입니까?"

스승이 갑자기 목소리를 높여 자문자답했다.

"어느 것이 조사인가? 서녘에서 온 뜻인가? 뜰 앞의 잣나무니라."

그 말에 원오 스님이 형용할 수 없는 통쾌감과 환희를 이기지 못해 거실에서 뛰쳐나가던 중, 난간에 올라앉은 장닭이 홰를 치며 울어 젖히는 소리에 가슴 속의 칠통 같은 어둠이 산산이 흩어져 나가면서 확철대오 했다. 원오 스님은 외쳤다.

"아! 이것이다. 바로 이것이다."

그 원오 스님의 제자 중에 하나가 간화선 수행체계를 확립한 대혜 종고이다.

대혜 스님이 원오 스님에게 물었다.

"제가 생각하니 이 몸이 이렇게 있다가도 잠만 들면 캄캄하여 주인공이 되지 못합니다. 그러니 죽는 순간에 이르러 수많은 고통이 불길같이 일어날 땐 어찌해야 휘둘리지 않겠습니까?"

원오 스님은 손짓으로 그만두라는 시늉을 하며 말했다.

"망상 피우지 말게. 망상 피우지 말아. 그대가 지금 말하는 그 많은 망상이 끊어질 때 저절로 오매일여의 경계에 도달하리라."

하루는 스승인 원오 스님이 말했다.

"누가 묻기를 '어떤 것이 부처의 출신처입니까?' 하고 물으니 운문 스님이 '동산이 물 위로 간다' 고 했다. 나는 그렇지 않으니, 훈풍이 남쪽에서 불어오니 집에 서늘한 기운이 생긴다 라고 하겠다."

대혜 스님이 이 말에 갑자기 앞뒤가 끊어졌다. 마치 한 움큼 엉킨 실을 예리한 칼로 단번에 끊은 것과 같았다. 허나 비록 움직임은 생기지 않았으나 도리어 말쑥한, 적나라한 경계에 눌러앉고 말았다. 원오 스님은 말했다.

"애석하다. 죽어버리고는 다시 살아나지 못하는구나. 언구를 의심하지 않음이 큰 병이니, 죽었다가 다시 살아나야만 그대를 속이지 못한다."

'매일 법을 물으러 가면 다만 유구(有句)와 무구(無句)가 마치 넝쿨이 나무를 의지함과 같다.' 는 말을 들려주시고는 뭐라 하려고 입을 열기만 하면 다 아니라고 하셨다. 하루는 내가

"나무가 넘어지고 덩굴이 마를 때는 어떻습니까?"

하니, 노스님이

"함께 하느니라."

하셨다. 나는 이 말에 환하게 이치를 깨달았다. 그리하여

"제가 이치를 알았습니다."

고 말하자 노스님은

"다만 네가 공안을 뚫지 못했을까 걱정이다."

하시고는 잇따라 어렵고 까다로운 공안을 계속 들어 보이셨다. 나는 그때마다 두세 번 대응하여 딱딱 잘라버리니 마치 태평무사한 때에 큰길을 가는 것 같이 다시 막히거나 걸림이 없었다. 그제야 내가 그대를 속이지 못한다고 한 말을 알았다.

인도 사람으로 육조혜능의 제자인 굴다삼장이 한 수행자가 홀로 앉아 정진하는 것을 보고 물었다.

"무엇을 하는가?"

"고요함을 지켜봅니다."

"지켜보는 이는 누구이며, 고요함이란 무엇인가?"

수행자가 얼른 일어나 예배하고 물었다.

"그 말씀의 뜻이 무엇입니까? 스님께서 가르쳐 주옵소서."

"왜 스스로를 지켜보지 않고, 스스로를 고요하게 하지 않는가?"

스스로를 지켜보는 일, 스스로를 고요하게 하는 일. 그리하여 무심을 얻고 도에 들기 위한. 그러나 고요해지려고만 하다보면 자칫 병폐가 생길 수도 있는 일이니, 실제로 대혜 스님은 고요함만을 추구하고 고요함에 안주하며 그걸 공부로 아는 이들을 귀신굴, 썩은 물속에 들어앉아 귀신놀음이나 하는 무리들이라며 통렬하게 비판했다.

일대사인연을 해마친 참 자유인은 그저 고요함이나 지키고 즐기는 이가 아닌, 어느 곳에 있어도 매이지 않으며 활발발하게 노니는 그런 경지의 사람이어야 했다. 활발발이란 물고기가 물 위로 뛰어오르는 모습을 표현한 말이다. 힘차게 물 위로 뛰어오르는 물고기의 모습처럼 싱싱하게 살아 약동하는 그런 자유인이 대혜 스님이 제시하는 깨달은 이의 모습이었다.

대혜 스님은 자신의 스승의 스승인 오조법연 스님 때부터 본격적으로 체계를 갖추어가던 간화선 수행체계를 확립했다. 일체의 망념을 떨쳐내고 정에 드는, 정에 들되 거기 빠지지 않고 거길 건너 활발발한 자기의 참 본래인을 만나게 하는 방법으로 화두선을 적극 주창, 확립한 것이다.

대혜 스님이 살던 시대는 송나라가 북방의 이민족인 거란, 여진 등의 침략으로 시달리던 시기였다. 조정 대신들이 주전파와 주화파로 갈려 대립하는 상황에서, 막대한 공물을 보내며 오랑캐와의 화친을 도모하는 것은 중화민족의 굴욕이라며 전쟁을 주장하는 주전파의 입장에 대혜 스님은 섰다. 그리고 조정이 주화파의 득세로 화친을 맺게 되자 대혜 스님은 15년 간의 귀양살이를 한다. 그때 대혜 스님을 따라갔던 많은 제자들 중의 절반이 귀양지에서의 풍토병으로 죽었다고 한다.

세월이 다시 바뀌어 이번에는 주전파가 조정을 장악하고 북방의 이민족을 전쟁으로 몰아냈다. 대혜 스님의 15년 귀양살이도 끝나고 스님은 지난날의 신분을 회복했다.

중국 송대의 시기는 조정 사대부들 간에도 참선 수행법이 크게 유행했다. 대혜 스님이 지었다는 서장이란 제목의 책도 실제로는 대혜 스님이 선 수행법을 묻는 사대부들에게 편지 형식으로 답한 글들을 후인들이 모아 엮은 것이다.

왕을 보좌하며 실질적으로는 국가를 운영해가는 주체였던 조정의 사대부들. 왕안석의 개혁 실패와 이민족의 침탈, 굴욕적인 화친이라는 내외우환에 시달려야 했던 북송 말기부터 남송 초기의 시대.

그 사대부들에게 대혜 스님은 그저 뒤로 물러나 자기에게로 나아가라는 전래의 고답적인 공부 방법을 가르칠 수는 없었을는지 모른다. 그것이 자칫 잘못 이해되고 사대부, 나아가 백성들 사이에 잘못 이해된 그대로 전염되어 풍전등화의 위기에 놓인 제 나라의 현실을 방기하는 쪽으로 흐를 수도 있었을 테니까.

물론 간화선은 중국 선불교 자체 내의 필요에 의해 새롭게 제기되고 성립된 수행법이다. 그럼에도 불교 외적인 당시의 그런 현실 역시 간화선의 확립을 촉진시키는 하나의 요인이었을 수도 있었을 것이다.

화두선은 적극적이다. 화두에 집중된 강한 의심을 통해 일체의 분별망상을 무력화시킨다. 그 적극성, 역동성, 폭발성과 뛰어난 효율성으로 인해 간화선 수행법은 이후 선종의 주된 수행법으로 자리 잡았으며 숱한 명안종사를 배출해 냈다. 그러나 조사관을 뚫기 위해 신명을 바쳐야 하는 건 화두선에서도 마찬가지. 화두선은 선대의 그 어느 수행법들 못지않게 어렵기도 하다.

석가세존의 가르침을 기록한 경과 율, 그에 근거한 논서들이 중국 땅에 들어와, 그것들을 통해 불교를 안 중국인들이 3아승지겁을 닦아야 부처가 될 수 있다고 믿고 살던 시대에, 달마 스님이 들어와 성품을 보아 바로 부처가 된다는 가르침으로 중국인들의 불교관을 바꾸어놓았다.

그러나 이러한 가르침은 아직은 중국 남부에서의 일로 이 도리를 접하지 못한 이들은 여전히 경학에 의지해 수행하고 있었다. 그들은 남방에 이상한 무리들이 횡행하고 있다는 말을 들었다. 이른바 직지 인심 견성성불.

'천겁 동안 부처님의 위의를 배우고 만겁 동안 부처님의 미세한 계행을 배운 뒤에야 깨달을 수 있거늘, 남방의 마구니들이 마음을 보아 바로 부처가 되게 한다는 해괴한 소리를 해댄다니. 내 이 마군의 무리들을 쓸어버리리.' 하며 금강경 주석서를 싸 짊어지고 남방으로 떠난 덕산 스님은 그 상징적인 인물이다.

덕산 스님은 시장거리에서 만난 노파가 묻는 '과거의 마음도 없고 현재의 마음도 없으며 미래의 마음도 없다는데 어느 마음으로 점심을 먹을 것이냐' 는 말에 대답을 하지 못하고 용담 스님에게로 간다.

거기서 용담 스님과 저녁 늦도록 대담하고 나오니 어두운 밤. 용담 스님이 건네주는 등불을 받으려는 순간 용담 스님이 입으로 불어 등불을 끄자, 덕산 스님은 그 바람에 크게 깨치고 용담 스님께 절을 올렸다.

용담 스님이 물었다.

"무얼 봤기에 내게 절하는가?"

"이후로 다시는 천하 노화상들의 말을 의심하지 않겠습니다."

다음날, 덕산 스님은 짊어지고 온 금강경 주석서를 법당 앞마당에 모아놓고 불을 질렀다. 그 뒤 덕산 스님은 가는 곳마다 불상을 치우고 법당을 없앴다.

달마 스님이 전한 직지인심 견성성불. 어떻게 하는 것이 사람의 마음을 바로 가리켜 눈뜨게 하는 것인가? 어떻게 해야 자기의 참 성품을 지금 이 자리에서 바로 볼 수 있는가? 그 의문과 깨닫고 싶은 갈망을 함축한 질문인 조사서래의를 묻는 말에 조주 스님은 뜰 앞의 잣나무라고 했다.

달마 스님으로부터 대략 600여 년이 지난 뒤, 사람들은 이제 뜰 앞의 잣나무 · 무 · 마삼근 등등 옛 선사들의 특정 언구를 의심해 깨달음을 이뤄내는 수행법을 개발해냈다. 이름하여 간화선 또는 화두선. 달마 스님 이래의 수행법에 일대 전환이 이루어진 것이다.

다시 800여 년이 지난 지금, 그 화두선 명맥도 타고 남은 몇 개의 불씨로 있을 뿐이다. 화두선도 수명이 다한 것이기에 이대로 꺼지고 말 것인가? 아니면 다시 타올라 새로이 부흥할 것인가? 그도 아니면 다른 여러 가지 수행법 중의 하나로만 존재할 것인가?

이 땅에 선종이 처음 전해진 시기는 신라 혜공왕 때(779), 뒷날 단속사서 입적한 법랑 스님에 의해서이다. 그리고 그로부터 40여년 뒤인 신라 헌덕왕 때, 도의 스님이 당나라 서당지장의 법을 이어와 남종선이 들어왔다.

9세기 중국, 북방의 많은 수행자들이 남방에서 들려오는 소리를 괴이하게 여기고, 덕산 스님이 마군의 무리들을 쓸어 없애겠다고 호언하며 금강경소초를 짊어지고 남방으로 떠났듯이, 이 땅에서도 직지의 요체를 아직 알지 못하던 기존의 승가는 도의 스님의 말을 마설이라며 비방했다 한다.

지금 이 땅에서 화두선, 간화선에 대한 시대와 대중의 욕구는 강하다. 누가 남아있는 불씨를 살려낼 것인가?

22 '나'가 없는 게 다시 보였다

'나'가 없는 게 다시 보였다(인식되었다). '이뭣고?' 화두를 의심하고 있는 중에 그게 보였다. 그저 생각들이 일어났다 없어지고, 다시 일어났다 없어지고 하는 과정만 이어지고 있을 뿐, 그 어디에도 '나'라 할 건 없었다.

전에도 몇 번 경험한 일이긴 하지만 새롭고 다소 어리둥절하기도 했다. 이 몸뚱이를 끌고 다니는 '이것', 생각과 행위의 주체라고 여겨지는 '이것.' 그 '이것'이 무엇일까 하고 의심하는 게 '이뭣고'인데, '이것'이란 없음이 드러난 것이다.

어리둥절해진 건 생각과 행동을 만들어내며, 생각과 행동을 앞에서 끌거나 뒤에서 미는 '이것'이 있다고 알아 온 탓이다. 그렇게도 거듭 거듭 무라고 배웠지만 말에 의한 이해에 그쳤기 때문이다.

새롭다는 느낌 역시 마찬가지이다. 몇 차례나 '나' '이것'이 없음을, 가공의 것임을 인식했건만, 인식하는 그 상태를 벗어나면 모든 게 다시 '나'를 중심으로 해서 움직여진다. 한마디로 그만큼 거짓 '나'의 뿌리가 깊다는 얘기이다.

115

이 거짓의 '나' '이것'이 없다는 인식이 점점 강해지고 분명해지며, 생각과 행동에까지 차츰 영향을 미쳐 가면 거짓 '나'는 점점 약해진다. 그러다가 거짓 '나'가 소멸되면 일대사인연을 마친 출격장부인 것이다.

위빠사나 수행을 다룬 책에서도 '나'란 존재하지 않는 것임을 인식하는 글을 본 적이 있다.

모든 정신적 물질적 현상을 한 순간도 놓치지 않고 알아차린다면, 어느 한순간 아무 것도 알아차릴 것이 없는, 알아차릴만한 대상만이 아니라, 알아차리는 마음 자체도 없음을 발견하게 된다. 이런 종류의 경험(현상의 소멸)을 닙바나의 성취라고 한다.

『큰 스승의 가르침』 252쪽

마하리쉬 역시 '나'가 없음을 도처에서 말하고 있다.

이 거짓 '나'가 어디서 일어나는지 찾아보십시오. 그러면 그것은 사라질 것입니다. 그때 그대는 오로지 본래의 그대, 즉 절대적 존재가 될 것입니다.

남악 스님이 6조 스님 앞에 이르자 6조 스님이 물었다.
"어떤 물건이 이렇게 왔느냐?"

남악회양은 대답을 하지 못했다. 자기를 여기까지 끌고 온, 오게 한 무엇이 있겠건만 그게 무언지 알 수 없었다. 대답하지 못하고 그대로 물러난 남악 스님은 8년 만에 다시 6조 스님 앞에 와 섰다. 그리고 말했다.

"설사 한 물건이라 해도 맞지 않습니다."

이 어떤 물건인가? 그 하나를 알아내기 위해 남악 스님은 8년을 절치부심한 것이다. 그리고 끝내는 그걸 밝혀 6조 스님 앞에 다시 와 선 것이다. 설사 한 물건이라 해도 맞지 않습니다. 뭐라고 이름 하면 이미 어긋나버린다는 의미이기도 하리라.

남악 스님은 그 한마디로 6조 스님의 적자가 되어 마조라는 걸출한 대종장을 만들어내고, 마조 스님 밑에서 수많은 명안종사들이 배출되었다.

남악회양과 함께 6조 스님의 양대 준족으로 일컬어지는 청원행사. 그 밑으로도 남악 계통 못지않게 명안종사들이 많이 배출되었으나 6조 - 남악 - 마조 - 백장 - 황벽 - 임제로 이어지는 법맥의 계승자들이 얼마나 크고 뛰어나 보였던지, 선종사의 뛰어난 종장들은 다 남악 - 임제의 계통이라고 믿거나, 그 계통에 끼워 넣는 풍조까지 생겨났다고 한다.

세간의 그런 부질없는 행태와는 상관없이 나는 6조 스님과 남악 스님의 대화를 떠올리면 그 가늠할 수 없는 크기에 압도되는 느낌이 들곤 한다. 어떤 물건이 이렇게 왔는가? 그리고 8년 뒤에나 나온 대답.

설사 한 물건이라 해도 맞지 않습니다.

되뇌어 볼수록 천근만근의 무게가 느껴진다. 각각 한 수로 모든 것을 다 보이고, 한 수로 모든 것을 다 파악한 것이다. 더 이상의 말을 붙이면 오히려 어긋난다.

다 알다시피 6조스님은 노행자 시절, 한 물건도 없는데 어디에 때가 끼겠느냐는 견해로 대중을 놀라게 하고 5조 홍인 스님의 부름을 받은 인물이다.

출가 초기의 시절, '아무리 그래도 그렇지 멀쩡하게 사람을 세워두고 어떤 물건이냐고 하다니', 하는 마음으로 원문을 찾아보았다.

什麼物伊麼來(습마물이마래)
說似一物卽不中(설사일물즉부중)

번역의 과장이 아니라 6조 스님이나 남악 스님이나 실제로 물건 취급하듯하고 있다.

일물(一物)이라는 표현은 의미가 다르긴 하지만 후대의 조사들도 자주 쓴듯하다. 황벽 스님이 남전 스님의 처소에서 지내던 중, 남전 스님이 물었다.

"정과 혜를 함께 배워 부처님의 성품을 밝게 본다 하는데, 이 뜻이 무엇이오?"

"하루 종일 한 물건에도 의지하지 않는 것입니다."

여기서 물건이란 좋다는 생각, 싫다는 마음, 옳으니 그르니 하는 마음, 갖고 싶거나 배척하는 등등의 마음이다. 심지어 부처를 우러러보는 마음, 부처가 되고자 하는 마음조차도 물건이다. 그런 것들에 의지해, 기대어 생각하거나 행동하지 않는다는 뜻이다.

놀랍지 아니한가. 한 물건에도 의지하지 않는다는 이 대답. 그 자리에 들어선 자 아니라면 누가 이런 대답을 생각이나 해낼 것이며, 스스럼없이 그런 대답이 나올 수 있을 것인가. 원오 스님의 글에도 일물은 등장한다.

心中不留一物 直下似箇無心底人(심중불류일물 직하사개무심저인)
마음속에 한 물건도 남겨두지 않으면, 곧바로 무심한 사람이 되어.

어떤 것이 진정한 공부이며 어떤 것이 진실한 깨달음일까요. 하루 스물 네 시간 동안 가고 머물고 앉고 눕는 가운데 나고 죽는 큰일을 생각하되, 온갖 의식활동을 말끔히 털어버리고 범인과 성인의 길을 밝혀야 합니다.
그래서 마음씀이 없는 마음과 함이 없는 함을 배우고, 그것을 끊임없이 길러 한결같이 무념이 되고 한결같이 어둡지 않아 마침내 온갖 기댈 곳이 다 사라진 깊고 깊은 곳에 이르면, 저절로 깨달음과 한 몸이 될 것입니다. 『백운 스님』

위의 글에도 있듯이 어떤 것에 기대거나 의지해 생각하거나 행동하지 않는다는 것은, 마음에 그 어느 것도 없는 무심의 상태로 지낸다는 의미이다. 성스럽다는, 속되다는 생각도 없으며 구할 것도 버릴 것도 없는 마음의 상태, 나라는 생각도 일어나지 않는 경지이다.

사람들은 '나'가 없다고 하면 당장 지금 이 '나'는 누구냐고 무엇이냐고 묻는다. 이렇게 물을 수도 있다. '나'가 없음을 인식하는 주체는 무엇이냐고. 그것이 나 아니겠냐고.

대부분의 사람들은 이 일에 깊이 미혹해 있는 탓에 '나'가 없음을 이해하지 못하며, 이해하지 못하니 받아들이는 건 더욱 어렵다. 하기야 잠깐씩이나마 '나'가 없음을 보는 이 사람조차도 '나'가 없음을 잊고, 내 생각 내 주장 내 것을 고집해 사람들과 다투고 욕심내고 화낼 때가 아직도 많으니까.

'나'는 만들어진 가공의 것이다. 국가란 개념이 만들어진 것이듯이. 국가란 개념이 지금은 당연시되고 그 존재를 의심하는 이가 없지만, 인류 태초에 어디 국경, 국가, 애국이 있었겠는가. 세계시민주의를 말하는 이들은 여기에 눈뜬 사람들이다.

불교는 때로 종잡을 수 없는 말을 한다. 있다고 하면 유(有)에 떨어진다. 없다고 하면 무, 단멸상(모든 것이 없어 허망하다는 생각)에 떨어진다. 있다고 해도 옳지 않고 없다고 해도 옳지 않다. 있다고도 없다고도 할 수 없다.

이 말이 뜻하는 바는 간단하다. 있다느니 없다느니 하는 생각 자체가 우리가 지어낸 망상이라는 것이다. 참 성품의 자리에는 유무의 관념을 들이댈 수가 없다는 뜻이다. 옛 사람들은 이걸 설명하기 위해 궁여지책으로 이런 비유를 만들어 냈다.

활활 타는 큰 불에 아무 것도 갖다 붙일 수 없는 것과 같다고. 불 위에 떨어지는 눈송이가 흔적도 없이 사라지듯이 참 성품의 자리에는 아무 것도 갖다 댈 수가 없다고. 길고 짧음도, 옳고 그름도, 나 너도, 성스러움 속됨도.

그것이 우리의 본래면목 본지풍광이다. 우리 참 성품의 자리이다. 그렇건만 그걸 등지고 자기가 지어낸 망념에 속아 속을 끓이고 다투고 미워하고 욕심내며 사는 거다. 자기가 만들어낸 세계에 속아 사는 거다.

속아서 살다, 속아 있는 상태 그대로 죽고, 속아 있는 그 마음으로 다시 태어나 역시 속아 살다가 속은 그대로 죽고. 그 끝없는 환의 세계에서 깨어나라는 게 불교의 선사들의 가르침이다.

그렇다면 속지 않는 방법은 무엇인가? 아무리 그럴듯한 비유, 아무리 많은 지식 이론이 소용없다. '나'가 없음을 스스로 보고 확인하는 수밖에 없다. 보면 그것은 너무도 명백해 의심의 여지가 없다.

어떻게 해야 '나'가 없음을 볼 수 있는가? 무심이 되거나 화두일념이 되면 '나'가 없음이 절로 드러난다.

23 평상심시도

평상심시도(平常心是道). 평상시의 마음이 도이다. 마조 스님 이전에도 이 말을 한 선사가 있는지 어떤지 알 수는 없지만 마조 스님의 말로 유명해지지 않았나 생각된다. 평상심이란 낱말을 사람들은 오해하고 있다. 마조 스님의 말을 들어보라.

도는 닦을 것이 없으니 물들지만 마라. 무엇을 물들음이라 하는가? 생사심으로 무언가를 하려고 하면 모조리 물들음이다. 그 도를 당장 알려고 하는가?

평상심이 도이다. 무엇을 평상심이라고 하는가? 조작이 없고 시비가 없고 취사(取捨)가 없고 단상(斷常)이 없으며, 범부와 성인이 없는 것이다.

단상이란 단견과 상견을 합친 말이다. 단견은 지금의 이것으로 끝이며 이후에는 아무 것도 없다는 견해. 상견은 그 반대로 영속하는 '나'가 있다는 견해. 둘 다 불교에서 인정하지 않는 견해이다.

대부분의 사람들에게 마조 스님의 위의 말은 앞뒤가 생략된 채 평상시의 마음이 도라는 부분만 회자되고 있다. 그러다보니 많은 사람들이 아리송해 한다.

평상시의 마음? 먹고 자고, 때론 아귀다툼하고, 예뻐하고 좋아하기도 하다가 샐쭉해지고 원망하고 분노하고 증오하고, 꺼이꺼이 울기도 하고 손뼉을 치며 좋아도 하는 이 평상시의 마음이 도라고? 그래. 그럴지도 모른다. 도란 멀리 있는 게 아니라니까. 내가 몰라서 그렇지 이게 그대로 도일지도 모르지.

도란 것이 자기가 발 딛고 있는 현실을 떠난 저 하늘 어디에 있는 게 아니라는 것 정도는 생각해 볼 줄 아는 사람이라면 평상심이 도라는 말에 앞의 경우보다는 좀 더 진전된 형태의 의혹과 궁금증을 느낄지도 모른다. 평상심? 평정을 유지하고 있는 상태의 마음이 도?

마조 스님은 일체의 시비 분별심, 망념이 없는 상태의 마음을 평상심이라고 하고 있다. 이 차이가 도를 보고 못보는 차이라고 나는 생각한다. 도인에게는 옳고 그름을 나누고, 분별하고 있다 없다는 등의 망념이 없는 본래면목 본지풍광의 상태가 평상시의 상태 즉, 평상심이다.

그러나 범부 중생들은 그걸 평상시의 마음으로 알지 못하고 까마득하게 먼, 감히 넘볼 수 없는, 자기와는 상관없는 그런 경지의 마음으로 지레 단정해 놓은 채 살고 있다. 그에게 평상의 마음이란 그야말로 울고 웃으며 지지고 볶는 날마다의 그 마음이다.

도인들은 말한다. 아름답다느니 추하다느니, 깨끗하다느니 더럽다느니, 옳으니 그르니 하는 것들은 본래부터 있던 게 아니라 우리가 지어낸 생각, 망정일 뿐이며, 그런 것들이 다 소멸된 상태, 나지 않는 상태가 평상심이라고. 그게 도의 상태라고.

그러므로 도는 본래의 상태이다. 없는 걸 만들어낸 상태가 아니다. 오히려 만들어진 가짜들이 소멸된 상태이다. 그것이 우리 본래의 상태인 까닭에 도는 얻어지는 것이 아니다. 이미 그것은 존재하고 있는데 무얼 구한다는 것인가? 있는 그것에 눈뜨기만 하면 되는 것이다. 그런 까닭에 구하는 이들을 보며 부처가 부처를 구한다고, 소를 타고 앉아 소를 찾는다고 선사들이 말한 것이다.

'물들지만 마라.'는 표현에 오해의 소지가 있다고 나는 생각한다. 물들 수 있다는 뜻 아닌가. '도는 닦을 것이 없으니 잘못 알고 행동하지만 마라.' 이렇게 했더라면 오해가 없을 텐데 하는 마음이다.

자성은 물들거나 손상되지 않는다. 그 무엇으로도 오염시키거나 훼손할 수 없다. 모든 선사들의 한결같은 말이며, 내 체험으로도 울고 고뇌하고 번민하는 따위의 온갖 감정, 마음 따위와는 상관없이 그것은 '있는 그대로'였다. 그래서 마조 스님은 이렇게 말했다.

망상이 나지 않는 그 자리가 바로 무생법인이다. 본래부터 있었던 것이 지금도 있으므로 도를 닦고 좌선할 필요가 없으니, 닦을 것도 좌선할 것도 없는 이것이 바로 여래의 청정선이다.

그러므로 당연히 닦지 마라, 구하지 마라, 배워 얻으려 하지 말라고
하는 것이다. 본래 있는 것이며 훼손되지 않는 것이기에. 더욱이 지
금 이 순간에도 신령하게 밝아 있는 것이기에. 오직 할 일이라곤 여
기에 눈뜨는 일뿐이다. 그러므로 혜능 스님은 말했다.

자기 본성의 진정한 반야를 일으켜 관조하면 찰나에 망념이 모
두 없어진다. 그리하여 자기본성을 알면 한 번 깨쳐 그대로 부처
지위에 도달한다.

망념, 환에서 깨기만 하면 될 뿐이다.

한 스님이 천황 도오 스님에게 물었다.
"무엇이 계정혜입니까?"
천황 스님이 말했다.
"여기 나에겐 그런 부질없는 살림살이는 없다."

닦지 마라. 닦아 얻으려 하지 마라. 그러나 또한 닦지 않으면 범부
중생일 뿐이라고 했다. 어떻게 해야 하는가? '다만 뒤로 물러나 자기
에게로 나아가라' 고 했다.
평상심이 되라. 환임을 알고 환에서 깨어나라. 망념이 다한 곳, 환
에서 깨어난 상태가 평상심이다. 원오 스님도 말한다.

평상심이 도이니 어디로든지 나아가려 하면 바로 어긋납니다.

원오 스님이 말하는 '어디'는 어디일까? 옳으니 그르니 하는 마음, 성스럽다는 생각 속되다는 관념, 그래서 좋아하고 싫어하는 마음, 버리고 갖고 싶어 하는 마음이 '어디'이다. 그런 마음이 일기만 하면 바로 어긋난다는 것이다.

다만 당장에 자기의 마음이 본래 부처임을 단박 깨달으면 될 뿐이다. 한 법도 얻을 것이 없으며 행도 닦을 것이 없으면 이것이 가장 으뜸가는 도이며 참으로 여여한 부처이다. 「황벽 스님」

새벽, 자기를 잊고 중생놀음하는 이들이 바로 부처임이 보였다. 자기가 부처인 줄 모르고 중생의 마음을 쓰고 있을 뿐이었다. 그게 보인 한동안 놀라웠다.

24 이 마음이 그대로 부처라는 자각

이 마음이 그대로 부처라는 자각이 들 때가 자주 있다. 다만, 자각이 그리 강렬하지 못하고, 여전히 켜켜이 쌓인 업이 이끄는 대로 행동하는 자신을 보며 '내가 아직도 멀었구나' 한다.

나는 이러한 자각이 고맙기도 하지만 한편으로는 경계한다. 글줄이나 자주 읽다 보면 경전이나 어록의 내용들이 머리로 대강 이해가 되며 마치 자기가 실제로 그 경지가 되어 있는 듯한 착각에 빠질 때가 있다고 한다. 뭐라도 알은 것처럼 말하거나 행동해 주변 사람들의 눈살을 찌푸리게도 하고. 나는 그걸 경계한다.

그런가 하면 수행, 이 공부에 자신감이 생길 때도 있다. 물론 그 자신감 역시도 대단할 정도의 것은 못되지만. 그 코딱지만한 자신감은 온데간데없고 아득해 하는 때는 또 얼마나 많은가. 그러니 그 자신감이란 건 새끼 손톱만한 크기도 못되는, 아주 작은 일에도 쉽게 깨져버리곤 하는, 이제 막 얼기 시작한 살얼음 같은 거다.

내 자신을 돌아보노라면, 나는 전생에 이 공부에 대한 선업을 쌓아놓은 게 별로 없구나 하는 생각을 많이 한다. 안개 속에 갇힌 듯 전후

좌우가 분간이 안 되는 기간이 오래 지속됐고, 진흙 구덩이 속에서 미끄러지고 넘어지기만 거듭할 뿐 좀체 진보가 없었으니까.

아마도 이 불교 수행자 집단을 멀찍이서 지켜보면서 나도 언젠가는 저걸 한 번 해보고 싶다는 그런 생각을 가졌던 인연쯤이나 있었던 사람이 아닐까 싶다. 불교를 웬만큼이나마 공부하지도 않은 듯하다. 그저 저만큼에서 보면서 저게 뭔지는 모르지만 한 번 해보고 싶다는 생각을 가슴에 품은 정도의 전생 하나쯤 있지 않았을까. 그러길래 쉽게 터득하지 못하고 그리도 힘들어했지.

전생 얘기에 떠오르는 일화가 있다. 몇 차례 보아 얼굴을 익힌 서울 어느 대학의 영문과 교수님이 내게 이런 말을 했다.

"스님, 제 아들놈이 말입니다. 전생에 실패한 티벳의 수행자였다고 합니다. 이 말을 제가 어떻게 이해하고 받아들여야 하는 건지."

일부러 알아보기 위해서였던 건 아니고 한의원인가를 갔다가 들었다고 한다. 그 뒤 다른 장소, 다른 사람에게서도 같은 말을 들었다는 것이다.

자식이라고는 그 아들 하나. 영어권 나라에 유학 가 있는데, 몇 달씩 전화 한 통 없어 가끔씩 아들과 통화라도 하고 싶어하는 애틋한 부정의 아버지였다. 불교신자로 보이지는 않았으며 다른 종교에 귀의해 있는 것으로도 보이지 않았다. 윤회, 전생 등은 그야말로 전설 따라 삼천리에서나 등장하는 이야깃거리쯤으로 알고 살아온 사람인 듯했다.

나는 그분에게 20~30장 분량이나 될까 한 작은 책자를 하나 드렸다.

"아드님이 실패한 전생의 티벳 수행자라는 말을 이해하시는데 도움이 될 수도 있을 겁니다."

그 책은 마하리쉬의 뛰어난 제자 중의 하나가 자신의 이야기를 간략히 쓴 책이었다. 읽은지가 하도 오래 되어 내용이 분명치 못한 데가 있지만 그 대강을 옮겨 보면 이렇다.

소년 시절에 자주 결가부좌를 하고 앉아 무언가에 몰두하며 시간을 보내곤 했는데, 한 번은 그 집중의 상태가 깊이 들어갔다. 시간이 얼마나 흘렀는지 가족들이 주변에 모여들고, 아이가 앉은 그대로 깨어나지 않자 아이를 깨워보려고 애를 쓰다가 소동이 벌어지고, 급기야는 의사가 불려왔다. 소년을 주의 깊게 진찰한 의사가 가족들에게 말했다.

"축하드립니다. 댁의 자제분은 영적으로 아주 뛰어난 자질을 가지고 있습니다. 조금도 이상히 여기거나 걱정하지 마십시오. 아드님은 아주 건강하며 지극히 정상입니다. 아드님은 명상에 깊이 들어가 있는 상태입니다. 때가 되면 저절로 깨어날 것입니다."

청년 시절, 풀리지 않는 의문들을 가슴에 안고 지내며 누군가 이런 의문에 답을 해줄 사람이 있으면 좋겠다는 생각을 자주 했다.

어느 날, 떠돌이 수행자로 보이는 한 허름한 노인과 몇 마디 나누게 되었다. 그 떠돌이 수행자는 어느 지명을 말하며 거길 가서 누구를 만나보라고 했다. 젊은이는 준비를 갖춰 인도 남부로의 여행을 떠났다.

목적지에 도착해 그 사람이 있다는 건물로 안내되어 가던 청년은 유리문을 통해 그 안에 사람의 얼굴을 보고는 자신이 속았다는 생각이 들었다. 고향 마을에서 자기를 이곳으로 가보라고 했던 떠돌이 수행자가 거기 앉아 있었다. 사이비 수행자에게 속았다고 생각한 청년은 돌아가겠다고 말했다. 안내하던 이가 놀라 말했다.

"당신은 아주 먼 곳에서 스승님을 뵙고자 여기 왔다고 하지 않았습니까? 스승님이 저 안에 계시는데 왜 여기까지 와서 뵙지도 않고 돌아가겠다는 겁니까?"

청년은 홀 안에 앉아있는 저 사람은 고향 마을에서 내가 본 그 사람이라며 사기꾼인 듯하다고 말했다. 안내하던 이가 말했다.

"제가 증언하건대 스승님께서는 이 산을 떠나신 적이 한 번도 없습니다. 아마도 다른 사람과 혼동하는 거 아닐까요."

"나는 분명히 저 사람을 봤습니다."

"이런 일일지도 모르겠습니다. 당신처럼 나와 이야기를 나눈 그 사람이 여기 먼저 와 있다고 하며 놀라거나 의심하는 경우를 몇 번 보았습니다. 당신의 경우도 그런 일에 해당하는 것 같습니다. 진리를 알고 싶어 하는 당신의 염원이 여기 계신 스승님께 전해져 당신이 계신 그곳에 스승님께서 잠시 모습을 보이신 것 같습니다. 맹세코 스승님께서는 이 산에 들어오신 이후 단 한 번도 이 산을 벗어나신 적이 없으십니다."

청년은 그렇게 해서 마하리쉬를 만난다. 장교를 배출하는 무슨 군사학교에 입학해 졸업을 하고, 결혼을 해 자녀를 두고 그러는 중에도 그 수행자는 마하리쉬를 지속적으로 찾아뵙고 가르침을 듣는다.

마하리쉬가 거주하는 아쉬람에 갈 때면 여섯 살인가 하는 어린 딸을 데리고 갈 때가 종종 있었는데, 소령 계급의 퇴역장교 출신인 한 제자가 마하리쉬에게 물었다.

"스승이시여. 저 어린 소녀가 여러 시간 동안을 어쩌면 저렇게 편안히 앉아 있을 수가 있습니까? 스승님을 몇 년째 가까이서 모시고 있는 저도 저렇게 못하는데."

마하리쉬가 말했다.

"이 아이가 그대보다 늦게 시작했다고 어떻게 말할 수 있는가?"

어느 날 그는 강둑을 걷다가 잠시 쉬어 가려고 한 곳에 앉는다. 잠시 후 그의 눈앞에 파노라마처럼 펼쳐지는 것들이 있었다. 자기 전생의 장면들이 흘러가고 있는 거였다. 출가 수행자로 한 생을 살았던 전생도 보였다.

어느 순간, 그는 놀랐다. 출가 수행자로 살던 그 생의 어느 수행처에서, 거기 무슨 일을 맡아보는 재가의 젊은 여인이 있었는데, 지나다 볼라치면 저 여인과 가정을 이루고 살아봤으면 하는 생각을 할 때가 있었다. 지금의 아내가 그 전생의 젊은 여인이었다. 그때의 그런 생각들이 씨앗이 되어 금생에 부부로 살고 있는 거였다.

　나는 이 대목이 내가 그분께 해줄 그 어떤 말보다도 설득력 있으리라 싶어 그 책을 드린 것이다. 실제로도 그 대목이 효과를 발휘했는지 다음에 만났을 때 그분은 말했다.
　"이제 이해할 수 있겠습니다. 제 자식놈에 대한 그런 말들을."
　영문을 모르는 가족들이 놀라 의사를 부를 만큼 소년시절부터 깊은 명상에 들어가는 그 뛰어난 근기.

25 이루고 못 이루고는
이제부터 내게 달려 있다

이 일을 이루고 못 이루고는 이제부터 내게 달려 있다는 생각이 자주 든다.

오랫동안 내게 깨달음이란 어디쯤에 있는 것인지, 있기나 한 것인지 가늠조차 안 되는 막연한 세계였다. 적지 않은 세월이 지난 뒤에도 여전히 몇 개인지도 모를 산과 강을 넘고 건넌 저 너머 어느 곳의 일이었다.

어떡해서든 해내겠다며 기를 쓰고 버둥거려서인가, 언제부턴가 그 세계가 저만큼에 보였다. 그 세계가 가시거리 안에 들어온 것이다. 비록 여전히 몇 개의 산을 넘고 강을 건너는 일이 남아 있을지는 모르는 일이지만, 거기 있음이 명백해졌다.

모를 땐 몰라서 못했다고 변명이라도 할 수 있다. 이제 나는 믿어 의심치 않는다. 이제부턴 내 몫이다. 해내고 못해내고는 나에게 달렸다.

그러면서도 자신이 안 서고 불안하긴 마찬가지였다. 내가 과대망상증에라도 걸린 걸까? 누군들 한 때 반드시 해낸다는 그런 생각으로 살지 않았으랴. 실제로 내가 그만큼 하고 있기는 한 건가? 20 몇 년을 별 소득 없이 보내고 50 줄에 들어섰으면서. 다 늦은 나이에 주제를 모르고 새삼 무슨 그런 …….

이처럼 오락가락 하는 나를 일으켜 세우는 글들이 필요했다. 채찍이 될 만한 글들을 어록에서 찾아 외우고 다니다가 나중에는 신문 잡지에서도 그런 글들을 오려냈다. 그걸 방 여기저기에 붙이거나 자주 볼 수 있는 곳에 두었다.

모든 일은 사소한 것에서 시작되고, 그게 쌓여야 태산이 된다. 하지만 태산이 되기까지는 많은 시간과 인내가 필요하다. 그런데 대부분의 사람들은 태산만을 바라볼 뿐 그 시간을 견디지 못한다.

그 글은 재테크로 부자가 되는 방법에 대해 쓴 책의 광고 일부였다. 나는 그게 문제가 아니었다. 글 내용이 한 올의 힘이라도 끌어모아 나를 일으켜 세워 나아가게 하는데 도움이 되는 것이라면 어느 것이라도 끌어다 써야 했다. 글 내용처럼 태산이 될 때까지 견디고 기다리고 해나가야 한다고 자신을 다그쳤다.

공자가 궁중이란 제자의 자질을 말하는 글도 오려내어 빨간 줄을 쳤다.

아랫사람을 부릴 때는 귀한 손님 대하듯 하고, 자기의 노여움을 다른 사람에게 옮기지 않고, 다른 사람에 대한 원한을 오래 가슴에 품지 않고, 다른 사람이 과거에 지은 죄는 마음에서 흘려버릴 줄 아는 성품.

봐라. 이 얼마나 좋은 글이며 훌륭한 성품이냐. 세간의 사람들조차도 이 정도는 하는데 출세간에 몸담고 있으면서, 그들과는 근본부터 다른 최고의 경지를 해내겠다는 너는 지금 어떠하냐? 이 글대로 살아라. 이 글 이상이 되어야 한다.

어떤 사람의 좌우명도 옮겨 적었다.

자기가 진정 하고 싶은 일을 선택해 두려움 없이 그 길을 가라.

그래, 이 일. 내가 누구인지 밝혀내는 일. 시비 분별을 그치는 일. 끝없는 불안과 우수, 번민, 고통을 끝내는 일. 삶의 질곡에 빠져 허우적거리는 이들을 건져내고 불조의 혜명을 잇는 일. 진정 내가 하고 싶은 일 아니냐.

그런데 무엇을 두려워하는가? 그토록 하고 싶은, 인생에서 내가 해야 할 단 하나의 일을 찾았으면서 왜 나아가지 못하고 두려워하는가?

내가 그걸 해낼만한 그릇이 되는지 자신이 없어서였다. 그래서 나를 일으켜 세울 수 있는 글들을 찾아 두리번거렸다. 어떡해서든 나를 일으켜 세워 나아가게 하고 싶어서였다. 그런 글들을 통해서라도 우유부단하고 나약한 나를 바꾸고 싶었다.

불가능을 가능으로 바꾸는 1%의 차이, 열정.

미국의 누가 쓴, 성공을 위한 자기 개발서의 책 광고 표제어였다. 그래. 내겐 그런 열정이 필요한 거야. 불가능을 가능으로 바꾸는 그런 열정이.

해낼 수 있겠다는 생각이 들 때도 있었다. 그러나 출렁이는 상념 속에 이내 절망감에 빠지기도 했다. 그러다가 한바탕 비바람, 천둥 몰아친 뒤에 갠 하늘처럼 이 공부 하기 쉽다는 생각이 물밀듯이 오고, 또 비바람 속에 내몰리고.

나는 중요한 임무를 띠고 적진에 들어가는 전사가 자기가 해야 할 일을 수도 없이 외우듯이, 짜깁기로 만들어 달력 하단에 써 붙여놓은 글들을 외우고 또 외웠다.

분별심 내지 마라.
화내지도 미워하지도
욕심내지도 집착하지도 마라.
모두 가짜에 속는 거다.

생각이 일면 허깨비임을 알아
바로 끊고 오직 의심하라.

무상대도에 대뜸 들려거든
일체 시비 분별 내지 말고
다만 무심하라.

그러고도 모자라 원오 스님의 가르침을 자신에게 들려줬다.

간절히 믿고 실천해야 한다.

간곡하고도 피나는 노력을 하지 않으면 깊이 도달하지 못한다.

이런 온갖 글들을 끌어모아 나를 일으켜 세웠다가도 나는 이미 내리막 인생인데, 하는 생각이 스멀스멀 기어오르며 다시 무력감이 밀려오면 내가 인식한 죽음이 환이란 기억을 떠올렸다. 지금 이 환의 속박을 끊어내지 못하면 또 걸려든다. 무한대의 성품 자리에서 한 생의 나이 50은 무의미하다. 이만큼이나마 알게 된 지금 끊어내라. 온몸으로 맞서 일어서라.

2t 뒤로 물러나 자기에게로 나아가라

 내 일생일대의 결전. 내 인생의 모든 것이 이 한 번의 싸움을 위해 준비된 것이라는 타이틀 아래, 전의를 북돋기 위해 '온몸으로 맞서 일어서라'고 했지만 실제로는 뒤로 물러나 자기에게로 나아가라는 주문이었다. 무슨 혁명 봉기를 위한 격문의 내용 같지만 저항하라는 게 아니라, 한껏 뒤로 물러나라는 거다.

 미당의 시가 생각났다. 봄부터 소쩍새가 운 게 한 송이 국화꽃을 피우기 위해서였고, 천둥이 먹구름 속에서 운 것도, 잠이 오지 않았던 것도, 무서리가 내린 것도 가을날의 노란 국화를 피우기 위해서였듯이, 내 탄생 그리고 살아오면서의 모든 일들이 이제 벌어질 이 싸움을 위해서였다고 생각하라. 이 자리에 나를 있게 하기 위해서였다고 생각하라. 이제부터는 내 몫이다.

 어떤 스님이 조산 스님에게 물었다.
 "옛사람은 저쪽 사람을 이끌어 주었는데, 학인이 어떻게 나아가야 할지 가르쳐 주십시오."

조산 스님이 말했다.

"뒤로 물러나 자기에게로 나아가라. 그러면 만에 하나도 잃지 않으리라."

원오 스님의 말은 보다 구체적이다.

생각을 움직여 성내거나 원망하지 마라. 그저 그 자리에 눌러앉아 애초에 듣지도 보지도 않은 것처럼 해야 한다. 다만 뒤로 물러나 스스로를 비추어보라.

종전의 망상과 견해, 세간의 지혜와 총명, 너와 나, 얻음과 잃음 따위를 밑바닥까지 뒤집어 일시에 놓아버려야 한다. 곧바로 마른 나무, 불 꺼진 재처럼하여 망정과 견해를 모두 없애 정나나적 쇄쇄(淨倮倮赤灑灑)한 곳에 도달하여 활연히 계합 증득하면, 위로부터의 모든 성인과 실낱만큼도 차이가 나지 않는다.

또한 이렇게 말했다.

지극한 도는 간단하고 쉬우니, 다만 물리치느냐 쫓아가느냐에 달렸다.

암두 스님의 말은 또 어떤가.

사물을 물리치는 것이 상급이고 사물을 쫓는 것이 하급이다.

사물이란 무얼까? 무얼 물리치라는 걸까? 나와 남, 옳고 그름, 성스러움을 어여삐 여겨 쫓는 마음, 더럽다고 속되다 하여 버리려는 마음, 부처가 되고자 하는 마음 등등. 한마디로 망념이 사물이 아니고 무엇이랴.

그런 마음들이 이끄는 대로 행동하지 말라는 것이다. 그런 마음들을 쫓아가지 말고 물리치라는 것이다. 그런 마음들이 나기만 하면 단칼에 잘라버리고, 자른 그곳에도 안주하지 말라는 것이다.

망정을 싹 쓸어버리고 이제껏 배워서 이해한 주장이나 살 속에
착 달라붙은 지견을 한꺼번에 엎어버려 대뜸 가슴이 텅 비게 해
야 한다. 『원오심요』

그리하여

속이 이미 텅 비어 고요하고 밖으로는 대상에 응하는 작용이 끊
기면 어느덧 저절로 무심을 철저히 깨치게 되니. 『원오심요』

가슴 속에 이는 모든 생각을 허깨비로 보아 끌려가지 말고 물리쳐라. 물리치지 말고 다만 뒤로 물러나라. 뒤로 물러나 자기에게로 나아가라.

　이제 '이 일이 있음'을 알았으니 오직 힘써 행할 뿐. 어떤가? 이 공부 쉽지 않은가. 그래서 원오 스님은 말했다.

　마음을 깨닫고자 애를 쓰며 그렇게 해 나간다면, 항아리 속의 자라가 도망쳐 봤자 어디로 가랴.

27 더 큰 재앙

난다 - 슈라바스티의 장자인 아나타핀디카의 소를 키우는 소치기. 부유한 집안의 교육받은 청년이나 소치는 생활이 즐거워 소를 침.

그는 기회 있을 때마다 아나타핀디카의 집에 들러 그곳에 오시는 세존의 가르침을 들었다. 그러다 한 번은 세존을 자기 집에 초청했으나, 세존께서는 난다가 가르침을 받아들일 때가 아직 이르지 않았음을 아시고 뒷날로 미루기도 한다.

그 난다가 세존의 가르침에 대한 이해가 깊어지면서 수다원과를 얻는다. 그러던 중, 세존께서 마을을 방문하고 돌아가시는 길에 난다는 세존의 발우를 들고 먼 곳까지 세존의 일행을 배웅한다. 그리고 돌아가는 길에 사냥꾼이 잘못 쏜 화살을 맞고 죽는다.

난다의 죽음이 세존께서 계시는 곳까지 전해져 비구들이 설왕설래했다. 난다가 그날 세존의 발우를 들고 그렇게 멀리까지 배웅하지 않았더라면 난다는 죽지 않았을지도 모른다는 말이 우세했다. 세존께서는 말씀하셨다.

"난다는 자신에게 다가오는 죽음을 피할 수 없었을 것이다. 그의 죽음을 슬퍼하기보다 그가 바른 삶의 진실을 깨닫지 못했을지를 염려해야 한다. 도적에 의해 죽거나 병에 걸려 죽는 것보다는 집착하는 마음과 어리석은 소견을 가진 채 죽는 것이 더 큰 재앙이기 때문이다."

한 늙고 병든 비구가 세존을 뵙고 싶었으나 자신의 몸으로는 세존이 계신 곳까지 갈 수가 없었다. 그 비구는 세존께서 병든 자기를 위해 뵐 수 있도록 와 주셨으면 좋겠다는 말을 하고 그 말이 세존에게 전해져 세존께서 걸음을 하셨다.

세존이 오시는 것을 본 비구가 병든 몸을 일으켜 세존께 절하려고 하자 세존께서 말리시며 말씀하셨다.

"이 몸은 오래지 않아 늙고 병들어 없어져갈 몸이다. 그런 몸에다 절은 해서 무엇 하겠다는 것인가. 나를 보고자 한다면 진리를 보도록 하라."

열반을 앞두고 세존은 제자들에게 묻는다. 내가 말한 법에 대해 아직도 모르거나 궁금한 것이 있는 이는 물으라고. 아무도 묻는 이가 없자 세존의 마지막 말씀이 이어진다.

"비구들이여. 모든 것이 무상하다. 이를 알아 방일하지 말고 힘써 정진하라."

143

세존께서는 열반에 드셨다.

이 외에도 우리를 숙연케 하는 세존의 모습들이 많지만 나는 맨 앞의 일화에서 세존의 위대함을 더 많이 느낀다.

대부분의 사람들에게 죽음은 끝, 무, 단절이다. 원망하던 마음도, 해드리고 싶었던 일도 가 닿을 수 없는 단절. 그래서 남은 사람들은 가슴을 쥐어뜯으며 통곡하기도 하고.

'난다의 그런 죽음을 슬퍼하기보다 그가 바른 삶의 진실을 깨닫지 못했을지를 염려해야 한다. 도적에 의해 죽거나 병에 걸려 죽는 것보다는 집착하는 마음과 어리석은 소견을 가진 채 죽는 것이 더 큰 재앙이기 때문이다.'

사람들이 두려워만 하는 죽음이라는 현상을 두고 이런 말을 한 이가 인류 역사상 또 누가 있었을까? 세존은 투철히 아신 것이다. 죽음이란 끝이 아니라는 것을, 집착하는 마음과 어리석은 소견을 가진 채 죽으면, 그 소견 그대로 다시 태어나 미망 속에 또 고해의 한 생을 살게 되리라는 것을.

집착하는 마음과 어리석은 소견을 가진 채 죽지 않아야 한다. 그러려면 평소에 늘 집착을 버리는 공부, 바른 소견을 지닐 수 있는 공부를 해야 한다. 무집착과 바른 소견이 죽을 무렵에 갑자기 갖춰지는 건 아니기 때문이다. 옛 선사들이 이르길, 죽음에 임해서야 물방개처럼 바쁘게 손발을 휘저어댄들 때는 늦다고 했다.

옛 도인들은 죽음이란 옷을 바꿔 입는 것과 같다고 했다. 수명이 다한 육체를 벗어버린 옷에 비유한 것이다.

장자는 부인이 죽자 바가지를 엎어놓고 두드리며 노래했다고 한다. 이웃들이 슬퍼해야 마땅하거늘 어인 까닭으로 장단을 맞춰가며 노래를 부르느냐고 묻자, 죽어 더 좋은 곳에 갔을지 알 수 없는 일이다. 만약 좋은 곳에 갔다면 내가 왜 아내의 죽음을 슬퍼해야 하는가? 그래서 나는 노래하노라고 답했다 한다.

그 나름대로 죽음을 보는 시각이 범인의 범주는 벗어났다 할 수 있지만, 집착하는 마음과 어리석은 소견을 가진 채 죽는 것이 더 큰 재앙이라는 세존의 말씀과는 역시 격이 다르다.

세존의 말씀에 보다 가깝다는 초기 경전의 하나에는 세존의 이런 말씀이 있다.

물거품 같다고 세상을 보라.
아지랑이 같다고 세상을 보라.
그림자 같다고 세상을 보라.
이렇게 세상을 보는 사람은
죽음의 마라를 만나지 않는다.

세상이 환임을 아는 사람에겐 죽음이 없다는 말씀이시다. 태어남이 환이듯이 죽음 또한 환이므로. 죽음이 환임을 아는 자 얼마나 될까?

인천(人天)의 스승인 여래의 발우를 들고 멀리까지 배웅하고 돌아가는 길에 죽은 것이므로 난다가 극락에 날 것이라는 말로 그의 죽음을 미화하지도 않았다. 다만 집착하는 마음과 어리석은 소견을 가진 채 죽는 것이야말로 큰 재앙이니, 난다가 그러지 않았을까 그걸 염려해야 한다고 했다. 철두철미하게 아시는 분의 위대함이 거기 있다.

28 제가 이 공부 해 마치는 거 보고 가세요

슬퍼하거나 기다리지 마시고 죽었거니, 없어졌거니 여기십시오.

조동종의 처음인 동산양개 화상이 어머니의 편지에 답장으로 보낸 글의 일부이다. 죽었거니, 없어졌거니 여기라는 글을 쓰는 이, 그 글을 받아보는 이, 심정들이 어땠을까?

나옹 스님이 화암사에서 4년의 공부 끝에 이제껏 모르던 경지에 들어섰다. 나옹 스님은 자신의 경지가 어떠한 것인지 확인하고파 원나라로 향했다.

나옹 스님이 그 4년 동안 어떤 수행법을 했는지는 전해지는 기록이 없다고 한다. 보조 스님 뒤로 대혜 스님의 간화선이 널리 퍼진 점, 원나라에서 돌아온 후 후학들을 간화선 수행으로 지도한 점 등으로 미루어 간화선을 한 것 아닐까 짐작될 뿐이다.

원나라에 도착한 나옹 스님은 당대 최고승인 지공 스님을 만나, 인가를 받고 5년을 모신 뒤, 다른 많은 선지식들과 교류한다. 그리고 명성이 궁궐에까지 전해져 원 황제의 경모하는 바가 되고, 고려로 돌아와서는 왕사가 된다.

그런 나옹 스님에게 어릴 때 헤어진 누이에게서 만나고 싶다는 전 갈이 오자 나옹 스님은 편지에 이렇게 쓴다.

인의의 도에는 친하는 정과 사랑하는 마음이 없을 수 없지마는, 불도에서는 그런 생각이 조금만 있어도 큰 잘못이다. 이런 뜻을 알아 부디 친히 만나겠다는 마음을 아주 끊어버려라. 그리하여 하루 스물네 시간 옷 입고 밥 먹고 말하는 등 어디서 무엇을 하 든지 항상 아미타불을 간절히 생각하여라. 끊이지 않고 생각하 며 쉬지 않고 기억하여 생각하지 않아도 저절로 생각나는 경지 에 이르면, 나를 기다리는 마음에서 벗어 날뿐 아니라 헛되이 육 도에서 헤매는 고통을 면할 수 있을 것이다.

어릴 때 헤어진 누이에게 만나보겠다는 마음을 아주 끊어버리라는 글을 쓰는 나옹 스님. 어머니께 아들이 죽었거니, 없어졌거니 여기라 는 편지글을 쓰는 사람. 불법이란 무엇이기에 인륜을 끊는 이런 비 정한 일들을 할까?

70이 넘으신 노스님을 모시고 결제 한철을 지낸 적이 있다. 그 노 스님께서 들려 주신 말씀이시다. 고등학교 시절 축구부 주장을 할 만큼 활동적으로 살다 공부를 하겠다고 산중 절에 들어가 지내던 중 어느 날, 큰 스님의 법문이 있으니 학생들도 참석해 들어 보라는 말이 전해졌다. 나중에 안 일이지만 큰 스님이란 만공스님의 법을 이어 받은 금오스님이었다.

"사람이 제 잘란 멋에 이런저런 일들을 하며 살지만, 자기가 누구인지도 모르면서 욕망이나 쫓으며 사는건 살아도 사는게 아니다. 그러니 거기 앉아있는 학생들도 자기 출세나 꿈꾸며 하는 그런 공부 보다는 진짜 공부인 이 공부를 해보게나."

그 말에 하던 공부를 놓고 출가를 해 그 스님의 제자가 되었다. 채 스무살도 되기 전의 일이다.

2년쯤 되었을 때 시골집에서 부친이 오셨다. 아들이 하던 공부를 집어 치우고 머리 깎고 스님이 되었다는 말이 집에까지 전해져 부친께서 오신 것이다.

아들의 말을 들으신 부친께서 말씀하셨다.

"세상에는 두 종류의 효가 있다. 대효, 소효. 소효란 자기의 부모에게 효도를 하는 것이요. 대효는 세상 모든 부모에게 효도를 하는 것이다. 너는 이제부터는 대효를 하도록 하라."

그 말씀을 남기고 부친은 산을 내려가셨다. 시골에서 농사를 지으시는 부친이지만 한학을 공부해 늘 유교의 경서를 곁에 두고 사시던 부친이셨다.

14~5년 전, 공주의 한 시골집을 빌려 모친을 모시고 산 적이 있다. 뇌졸중 중풍의 후유증으로 가까스로 걷거나 하는 노모를 누이동생이 모시다가 내가 모시게 된 것이다.

한 달 반 정도 모시고 살다 여름 안거에 들어갔다. 급히 연락해야 할 일이라도 생겼을 때를 대비해 방에 걸린 거울에 누이네 전화번호를 적어놓았다.

그 여름, 나는 석 달 묵언을 했다. 묵언이 끝나고 공주 집에 전화를 하니 받지를 않았다. 무슨 일일까 싶어 누이네로 전화를 하니 누이 남편이 받았다.

"장모님 저희 집에 와 계십니다. 돌아가시는 줄 알았어요."

그간의 일을 들어보니 내가 결제에 들어오고 며칠 안 되어 공주 시골에서 전화가 왔다고 한다. 동네 분들이 논밭으로 일하러 다니며 건너다보면, 뒤뚱거리는 걸음으로 마당을 오가는 게 보이곤 하더니 며칠 째 모습이 보이질 않아 누가 방문을 열어 봤더란다.

대소변과 토사물이 뒤범벅이 된 방바닥에 쓰러져 있는 모친이 숨은 붙어 있는 걸 발견해내고 거울에 적힌 번호로 전화를 해 누이네 식구가 내려가 모셔왔다고 한다.

병들어 거동도 제대로 못하시는 노모를 낯선 시골집에 혼자 두고 나올 생각을 어찌 했을까? 묵언은 또 무슨 일로 했을 것이며. 뒤돌아보니, 내 서른여덟 살 때의 일이다. 출가한지 9년째가 되던 해.

그 석 달, 그에 걸맞게 피가 나도록 정진했을까?

그 노모가 이제는 앉지도 못해 종일 누워만 있으며, 말 한마디 못하는 상태로 살아계신다. 더는 고통 속에 계시지 말고 돌아가시라고 기도하다가 내 기도가 바뀌었다.

차마 볼 수 없는 형편이면서도 가시지 못하는 까닭이 아직도 남은 게 있어서라면, 어머니 가지 마세요. 힘드시겠지만 견디세요. 제가 이 공부 해 마치는 거 보고 가세요. 그거 보고 가시려고 그토록 고통스러우시면서도 살아계시는 것으로 알게요.

"제가 이 공부 해 마치는 거 보고 가세요."

이제 나는 이렇게 기도한다. 내가 그만큼 공부하고 있는가?

29 회의해본 적은 없으십니까?

"회의해본 적은 없으십니까?"

출가한 지 10년쯤 되는 스님이 내게 물었다. 목욕탕에서 빨래를 하던 중의 일이었다. 출가한 것을, 출가 수행자로 살아가는 걸 회의해본 적이 없느냐는 질문일 터였다.

묻지 못할 말은 아니지만 그렇다고 아무에게나 불쑥불쑥 해댈 질문도 아니다. 더구나 자기보다 곱절 이상 출가가 앞선 이에게. 이 젊은 스님, 무슨 일론가 힘이 드는가? 심한 마음고생을 하고 있는 중인가? 다른 이들은 어떤지 알고 싶어서인가?

설사 내가 한 번도 회의해본 적이 없다 할지라도 회의해본 적이 없다고 자신 있게 말해서는 안 된다. 그러면 상대는 이쪽을 자기 세계에 빠져 사는 사람이라고 볼 수도 있고, 진실하지 못한 허세나 가식으로 볼 수도 있으며, 상대의 말을 진실 그대로라고 받아들인다 할지라도 누구는 저처럼 자신 있어 하는데 왜 난 이 모양일까 하는 자괴감에 빠질 수도 있다.

그런 생각을 하면서도 한편으론 자문해봤다. 회의해본 적이 없는지.

불안하고 자신 없어한 적은 많았다. 아득해한 적도 많았다. 그러나 출가를 심각하게 회의해본 기억은 없다. 깨달음의 성취가 하도 아득히 먼 곳의 일, 도무지 사람의 일이라고는 여겨지지 않던 때가 많았다. 그런 길을 가는 내 자신의 현재와 미래가 불안하고 자신 없었다. 두고 온 이들에게 못할 짓을 했다는 자책감이 늘 떠나지 않았다.

그러나 물러나지 않겠노라며 전생에 무슨 원을 세우기라도 한 게 있는지, 회의는 하지 않았다. 있다면 내가 해낼 수 있을까 하는 데 대한 회의였지 불법에 대한 회의는 아니었다. 불교가 폭력으로 얼룩지고 일부의 일탈적인 행태로 세간의 조롱거리가 되는 때도, 어느 출가자들처럼 부끄럽긴 했지만 불법에 대한, 자신이 출가자라는 것에 대한 회의는 없었다.

무슨 근거로 나는 회의한 적이 없을까? 아무 것도 해놓은 것 없는 현실을 애써 외면하며 자기 세계에 빠져 살아온 때문인 건 아닐까?

화두가 이해되고 풀려 의심할 수 없다던 스님이 세월이 흐른 뒤, 경전을 읽으면 자신감이 생긴다는 말을 한다는 얘길 들은 적이 있다. 다른 사람을 통해 들은 말이긴 하지만 그 말을 들으며, 이 스님이 경전의 내용과 자신의 내면세계가 계합이 되고 있구나. 대단한 경지까지 갔구나 하는 생각이 들었다.

시절인연이 무르익으면 금생의 어느 땐가 개오할 수도 있겠다는 생각까지 들었다. 나는 아직 그만큼은 되지 못한다. 최근에서야 몇몇 조사어록들을 보며 이렇게 펄펄 살아있는 가르침을 이제야 접하게 되다니 하는 정도다.

　이제는 진리가 내가 넘볼 수 없는 어떤 것, 나완 상관없는 저 먼 어느 곳의 이야기가 아니라 시야 안으로 들어왔다는 생각이다. 이제부터는 내 몫이다. 해내고 못해내고는 내게 달렸다. 못해내면 내 못난 탓이다.

　하지만 조사어록의 글들을 하도 외우고 들여다보며 살다보니 내가 그만큼 되어 있는 듯한, 혹은 금방이라도 그 세계에 들어설 것 같은 착각 속에 살고 있는 건 아닐까. 실제로 그런 일이 적지 않다던데.

　그래, 이대로 버둥거리다 끝나고 말지도 모를 일이다. 얼마나 많은 수행자들이 이 길을 갔는가. 그들은 지금 모두 어디에 있는가?

　그런 생각들이 몰려오며 큰 시합을 앞둔 선수처럼 가슴이 설레면, 무협지에서 한창 무공 수련 중인 인물이 절세의 무공 비결을 암송하듯 떠올리는 구절들이 있다.

　　마치 어리석은 사람처럼 가슴 속을 허허로이 텅 비우며, 모든 것
　　을 다 몰라서 천 번 쉬고 만 번 쉬어야 한다. 단박에 본지풍광을
　　좇아 어디에도 얽매이지 않고 투철히 벗어나 앞뒤가 모두 끊겨
　　서 ······.

　　이 일은 훌륭하고 어리석음에 관계없이 모두 자기에게 본래 갖
　　추어져 있다.　『원오심요』

이 일을 실현해내는 길은 무엇인가? 간절히 참으로 간절히 '이뭣고' 의심하는 거다.

아이들이 들판에서 모래로 탑을 쌓거나
손톱이나 나뭇가지로 부처님을 그리거나
기쁜 마음으로 부처님을 찬탄하거나
한 송이 꽃으로 부처님 앞에 공양하거나
불상 앞에 나아가 합장하여 예배하거나
산란한 마음으로 한 번만 염불하더라도
그와 같은 인연들이 모여
성불인연을 맺는다.

『법화경』

30 마조 스님과 백장 스님 그리고 들오리 떼

마조 스님과 백장 스님이 길을 가다가 날아가는 들오리 떼를 보았다.

마조 스님이 물었다.

"저게 무언가?"

"들오리입니다."

"어디로 갈까?"

"날아가 버렸습니다."

마조 스님이 갑자기 몸을 돌려 백장 스님의 코를 비틀자 백장 스님이 아픔에 소리를 질렀다. 마조 스님이 말했다.

"날아갔다고 다시 말해보아라."

백장 스님은 그 말끝에 깨친 바가 있었다. 돌아와서 백장 스님이 대성통곡을 했다. 곁에 사람이 왜 우느냐고 묻자, 마조 스님께 코를 비틀렸으나 철저하게 아프지 못했기 때문이라고 말했다.

다음날, 마조 스님이 법당에 올랐다. 대중이 모이자마자 백장 스님이 나와서 자리를 말아버리니 마조 스님은 바로 법좌에서 내려왔다.

백장 스님이 방장실로 따라가자 마조 스님이 물었다.

"내가 조금 전에 말도 꺼내지 않았는데 무엇 때문에 별안간 자리를 말아버렸느냐?"

"어제 스님께 코를 비틀려 아파서였습니다."

"그대는 어제 어느 곳에 마음을 두었느냐?"

"코가 오늘은 더 이상 아프질 않습니다."

"그대가 어제 일을 깊이 밝혔구나."

그런 게 있는 줄도 잊었을 만큼 오랫동안 기억에 없던 이 일화가 홀연 떠오르며 마조 스님이 왜 코를 잡아 비틀며 '날아갔다고 다시 말해보라' 했는지, 코를 비틀린 아픔에 소리를 지르다 백장 스님이 무엇을 알았는지가 보였다.

'날아갔다고 다시 말해봐라.' 오래전에 본 어느 책에서는 '그래도 날아갔다고 말할 테냐?' 였던 것으로 기억한다. 단순히 번역의 차이가 아니라 각기 다른 본을 번역한 것이 아닌가 한다.

'날아갔다고 다시 말해봐라'를 찾아보니 우도비과거야(又道飛過去也)였다. 이 문장이 '그래도 날아갔다고 말할 테냐?'로도 번역이 되는 건지, 혹은 지나친 의역인 건지?

백장 스님의 확철대오는 그 뒤의 일인 듯하다. 백장 스님이 다시 참례하는 자리에서 마조 스님이 법상 모서리의 불자(佛子)를 보고 있기에 백장 스님이 물었다.

"이 불자를 즉(卽)해서 작용합니까? 아니면 이를 떠나(離) 작용하니

157

까?"

마조 스님이 물었다.

"그대가 뒷날 설법하게 된다면 무엇을 가지고 대중을 위하겠느냐?"

백장 스님이 불자를 잡아 세웠더니 마조 스님이 다시 물었다.

"이것을 즉해서 작용하느냐? 이를 떠나서 작용하느냐?"

백장 스님이 불자를 제자리에 걸어두자 마조 스님이 기세 있게 '악!' 하고 고함을 쳤는데, 백장 스님은 사흘을 귀가 멀었다. 이로부터 우렛소리가 나라에 진동하였다.

등등의 일로 보아 이때가 백장 스님이 확철대오한 때가 아닌가 싶다. 황벽 스님이 백장 스님에게 마조 스님께서 어떤 법문을 남기셨는지 말해달라고 하자 그때의 일을 이야기해주고 불법은 작은 일이 아니다. 그때 내가 마조 스님의 할을 듣고 사흘을 귀가 멀었다고 하는 것으로 봐도 그렇다. 가장 결정적인 일을 말하게 마련 아닐까.

백장 스님이 언제 확철대오 했느냐가 이 글의 주제는 아니다. 불시에 제자의 코를 비틀며 마조 스님은 백장 스님이 무엇을 알기를 바란 건지, 백장 스님이 무엇에 눈뜬 건지가 보였다는 게 내가 말하고자 하는 바다.

무슨 복잡한 과정이 있거나 깊이 있는 어떤 상태를 지나서가 아니라 그저 가볍게, 바람도 없는데 낙엽이 지듯이, 문이 저절로 열리듯이, 두 사람 간에 무슨 일이 있었는지가 알아졌다.

여전히 해오의 늪지대를 벗어나지 못했는지 이번에도 백장 스님처럼 되지는 못하고 백장 스님이 무얼 봤는지만 보였다. 그것 참! 문지방 넘어 깊숙이 들어가지는 못하고 늘상. 이전에도 간간이 그런 일이 있어 사람을 궁금하고 몸 달게 하더니만.

'저게 무언가? 어디로 가는 걸까?' 하고 물으며 백장 스님을 착착 몰고 가다가 결정적인 한 방을 먹여버린 것이다. 코를 잡아 비튼 뒤 '날아갔다고 다시 말해봐라.'

마조 스님이 참으로 용의주도하다는 생각이다.

백장 스님 또한 평소 얼마나 갈고 닦았기에 스승의 기대에 부응해 바로 눈을 뜬 것일까.

스승의 한마디, 방망이질, 할, 발길질에 후학들이 다 눈뜬 건 아니다. 그 훤출한 임제 스님조차도 황벽 스님에게 3일을 연거푸 두들겨 맞았지만 끝내 눈만 멀뚱거리며 물러나고 말았지 않은가.

더욱이 황벽 스님 회상에서 3년을 지내면서도 무얼 물어야 할지 몰라 참문(조실에 들어가 법을 묻는 일) 한 번 하지 못한 임제 스님이었다.

백장 스님이 코를 비틀린 일화만 해도, 이미 계정혜 삼학을 두루 연마한 백장 스님이 마조 스님께 귀의해 20년이나 흐른 뒤의 일이라고 한다.

깨닫는 그 일이야말로 일대 사건이며 가장 극적인 순간이기에 주로 그런 장면들이 부각되고 널리 이야기되다 보니, 거기에 이르기까지의 인고와 각고의 노력은 소홀히 취급된다.

목욕탕에서 옳으니 그르니 하며 따지고 있는 이들을 본다. 옳고 그름의 문제가 아니다. 자기를 놓치고 있는 거다.

바깥 경계에 완연히 덜 끄달리는 느낌이다. 마음이 동했다가도 얼른 알아차리고 무심해지려고 노력한다. 그래서인가 덜 동요하고, 때론 물끄러미 볼 뿐이다. 그러다가 다시 퍼뜩 정신을 차린다.

물끄러미 보고 있는 이놈은 무엇인가?

'이뭣고?'

31 때론 설명도 필요하지 않을까

일체의 지식, 이론을 빌리지 않고 나고 죽음을 면하는 일, 자기가 누구인지 아는 일, 슬픔 고통을 끝내는 일이 있음을 알게 된 것만도 소득이라고 여겨야 할까?

그런 일이 있음을 굳게 믿고 더욱 열심히 할 수 있으니까. 체험되지 않으니 믿지 못하고, 믿지 못하는 탓에 전심전력하지 않아 수행에 진전이 없는 예가 얼마나 많은가. 아예 이 세계를 등지고 사는 이들은 또 얼마나 많은가.

선사들은 설명을 거부한다. 상대가 이쪽의 말을 알아들으려고 생각하는 것조차도 용납하지 않는다. 선사들은 그럴 경우 즉각 호통친다. 생각하거나 사량 분별하지 말라고. 머리를 굴리고 뇌를 돌려서는 더욱 멀어진다고. 듣는 그 자리에서 알아채야 한다고 한결같이 말한다. 허나 듣는 그 자리에서 알아듣기는커녕 범부들로선 더욱 알수가 없다.

그런 예들이 얼마나 많은가. 많은 정도가 아니라 선사들의 언행은 그런 것들로 이루어져 있다.

한 스님이 운문 스님에게 물었다.

"모든 부처님은 어디로부터 나왔습니까?"

운문 스님이 말했다.

"동쪽 산이 물 위로 간다네."

"조사께서 서쪽에서 오신 뜻이 무엇입니까?"

"뜰 앞의 잣나무니라."

큰스님이 뭔가 방편을 쓰고 있으며 그 통에 자기가 더 못 알아듣는 거라고 여겼던지 후학이 따지고 든다.

"스님께서는 경계를 가지고 설명하지 마십시오."

"나는 경계를 가지고 설명하지 않는다."

이에 후학이 이번엔 좀 알아들을만한 말씀을 해주시려나 싶어 다시 묻는다.

"조사께서 서쪽에서 오신 뜻이 무엇입니까?"

조주 스님이 대답했다.

"뜰 앞의 잣나무니라."

어떤 스님이 동산 수초 스님에게 물었다.

"무엇이 부처입니까?"

동산 스님이 말했다.

"삼 서근이니라."

그야말로 철벽이 앞에 콱 떨어지며 가로막히는 듯하다. 그 동산 스님이 깨치는 기연을 보자.

동산 스님이 처음 운문 스님을 참방하자, 운문 스님이 물었다.

"요사이 어느 곳을 떠나왔느냐?"

"사도(강남성에 있는 한 나루터)에서 왔습니다."

"여름에는 어느 곳에 있었는고?"

"호남 보자사에 있었습니다."

"언제쯤 그곳을 떠나왔느냐?"

"8월 25일입니다."

"그대에게 세 방망이를 때리리니 승당으로 꺼져라."

동산 스님이 저녁나절에 입실하여, 바짝 붙어서 운문 스님에게 물었다.

"제가 뭘 잘못했습니까?"

"이 밥통아! 강서와 호남에서도 그렇게 했겠구나."

동산 스님이 그 말에 크게 깨쳤다.

구지 스님의 손가락, 할, 방, 발길질, 멱살을 움켜쥠 모두가 얼마나 사람을 옴짝달싹 못하게 하는 말이며 행동들인가.

선사들의 말이나 몸짓은 도를 담는 그릇이라고 한다. 평생 그릇이나 매만지고 들여다보고 있어서는 도를 보지 못한다. 겉모양을 바꿔 오는 천 가지 만 가지 언구, 몸짓, 기연이 다 오직 하나를 일깨우기 위함이라고 했다. 사람의 마음을 바로 가리켜 성품을 보아 부처에 이르게 하는 '이 일' 하나를 위해서라고 했다.

'이 일'은 말과 이치를 떠나 있다. 말이나 이치, 지식으로는 알아낼 수 없다. 오히려 말과 이치, 지식이 장애이다. 그러므로 말, 이치, 지식을 버릴 때 이 일이 드러난다.

위산 스님이 향엄 스님에게 물었다.

"부모로부터 몸을 받기 이전의 그대의 본래면목에 대해 말해보라."

향엄 스님은 대답하지 못했다.

위산 스님은 울며 가르쳐달라는 향엄 스님에게 말했다.

"말해줄 수는 있다. 허나 그랬다간 그대가 훗날 틀림없이 나를 원망할 것이다."

향엄 스님은 훗날 멀리 위산 스님이 있는 쪽을 향해 향을 사루고 절하면서 말했다.

"그 은혜 부모보다도 깊습니다. 그때 만약 친절을 베푸셨다면 어찌 오늘의 제가 있겠습니까."

동산양개가 남전선사를 찾아뵙자 남전 스님이 물었다.

"그대는 스승인 운암 스님을 위하여 어떤 뜻으로 재를 베푸는가?"

동산 스님이 말했다.

"운암 스님의 도덕을 장하게 여기는 것도 아니고, 또한 불법을 위하는 것도 아니며, 다만 저를 위해 법을 깨서 보여주지 않은 걸 감사하며 재에 임합니다."

말해주지 않은 게 얼마나 고마운 일이었는지를 잘 보여주고 있는 일화들이다. 그러나 또한 말을 빌리지 않으면 그나마도 드러낼 수 없으니, 선사들이라고 해서 꿀 먹은 벙어리로 살다 간 것은 아니다. 선사들이야말로 보여주려고, 일깨워주려고 노심초사한 이들이다.

범부들이 말이나 지식 기존의 관념, 견해에 가로막혀 이 일을 보지 못하자 그걸 걷어내 주기 위한 선사들의 시도가 격외의 언구, 할, 느닷없이 두들겨 패는 일, 불시에 멱살을 쥐고 흔드는 행위들이다.

굳이 '도의 세계'에서가 아니더라도 우리는 말의 한계를 누구나 절감하며 인정한다. 백문불여일견, 백 번 들어봐야 한 번 보는 것만 못하다는 이 말도 그걸 말하고자함이 아닌가. 사과 맛도 먹어본 자만이 안다. 아무리 사과 맛을 설명해줘도 먹어보지 않은 자는 모른다.

하물며 체험하지 못한 이들에게 이 일을 일깨우려는 선사들의 심정은 얼마나 막막할까. 아는 자와 알지 못하는 자 사이의 간극. 우리는 그걸 인정해야 한다.

그럼에도 나는 일부 의구심을 가지고 있다. 말하지 않는 게, 설명하지 않는 게 미덕이 되고, 금기가 되고, 유행이 되고, 하나의 틀로

굳어지면서 한편으로는 격외의 언구들이 만들어지고. 거기서 생겨
난 폐단도 있겠구나 하는 게 내 의구심이다. 그 피해는 범부들에게
돌아간다. 그렇지 않아도 알아들을 수 없는 범부들로선 더욱 종잡을
수가 없다.

"무정물도 설법합니까?"
"무정물도 설법한다."
"무정물의 설법은 누가 듣습니까?"
"무정물의 설법은 무정물이 듣는다."
"화상께서도 들으십니까?"
"내가 듣는다면 그대는 듣지 못할 것이다."

대다수의 사람들은 이 말을 들으면 '도란 알 수 없는 것이니까' 하
고 지레 포기해버리기 쉽다. 혹은 더욱 미궁 속을 헤매게 된다.

누가 백장 스님에게 물었다.
"유정(有情)은 불성이 없고 무정(無情)은 불성이 있다' 한 것이 무슨
뜻입니까?"
백장 스님이 말했다.
"범부와 성인 두 경계에 물들고 애착하는 마음이 있으면 이를 '유
정은 불성이 없다' 라고 하며, 범부와 성인 두 경계와 유·무 모든 법

에 갖고 버리는 마음이 전혀 없으며 갖고 버림이 없다는 생각마저도 없으면 '무정은 불성이 있다' 고 하는 것이다.

망정의 얽매임이 없기 때문에 무정(無情)이라 이름하는 것이지 목석이나 허공, 노란 국화꽃, 푸른 대나무 등 감정이 없는 것을 가지고 불성이 있다고 하는 것과는 다르다."

망정의 얽매임이 없기 때문에 무정이라고 이름한다는 백장 스님의 설명이다.

무정의 설법은 무정이 듣는다는 선사의 말이 틀리기야 했으랴. 그러나 근기가 다른 사람들에게는 각기 다른 설명이 필요하다고 본다.

그러므로 백장 스님처럼 무엇이 무정인지를 설명해주는 것도 필요한 일이라고 생각한다. 그런 설명을 필요로 하는 사람들도 있지 않겠는가.

32 좌선의 강의 1

단기 출가생들을 위한 좌선의 강의를 해달라는 부탁을 받았다. 상원사로 들어오는 입구에 있는 본사에서 일 년에 네 차례씩 지원자를 모집해 한 달간의 단기출가 학교를 운영하는데 거기 좌선의 강의를 맡아달라는 거였다.

그동안 좌선의 강의를 해주던 스님이 처소를 옮긴데다 해제 기간이라 선원에도 스님들이 많지 않다보니 내게까지 부탁이 들어왔다. 조금이나마 도움이 되길 바라는 마음으로 강의를 수락했다.

강의를 부탁한 스님이 몇 가지 사항을 알려주었다. 단기 출가생들이 교육 내용에 만족하고 있는지, 보완해야 할 점은 무엇인지 등을 알기 위해 매번 설문을 받는데 크게 보아 세 가지를 불만스러워 한단다.

단기출가 학교를 이끄는 스님들이 너무 권위적이다.
강사들의 자질이 자신들의 욕구에 너무 못 미친다.

참선을 집중적으로 배우고 실참하기 위해 왔는데 교육 내용에
그 외의 것들이 너무 많다.

내가 볼 때 세 번째 사항은 입교하는 단기출가생들이 이해하고 풀
어야 할 문제이다. 단기 출가는 참선 실참을 위주로 하겠다며 지원
자를 모집하지 않는다. 그런 공간을 원하는 사람은 재가자를 위한
선원을 찾으면 된다.

불교 교리 강의, 아침저녁의 예불, 점심 공양 전의 법당 참석, 바루
공양을 배우고 배운 그 방식으로 하루 세 끼를 먹는 일, 때때로 있을
울력 등등의 일정표 중에서 참선은 그 일부이다. 단기 출가학교를
운영하는 사찰측 입장으로는 그 모두가 출가의 일상이며 수행이다.

반면에 앞의 두 가지 사항은 사찰측에서 적극 보완해야 할 점이라
고 생각한다. 너무 권위적이라는 지적에 대해서는, 사람을 바꾸거나
거부감을 주지 않도록 시정시킬 필요가 있다.

그리고 다른 한 가지, 강사의 자질은 가장 중요한 문제라 할 수 있
다. 비용을 투자해서라도 실력 있는 강사를 모셔 와야 한다. 본사가
보유하고 있는 인력을 면밀히 점검해보고 여의치 않다 싶으면 외부
강사 초빙도 주저하지 말아야 한다.

한 기수당 모집 인원은 70명. 초기에는 지원자가 많아 3 : 1, 4 : 1
이 넘더니, 열다섯 차례나 하면서 욕구가 웬만큼 해소됐는지 2 : 1을
밑돌 때도 있다고 한다.

90분짜리 연 3일. 더러 화두선 실참 이력이 많지 않은 스님이 좌선의 강의를 맡았다가 질문을 감당하지 못한 적도 있다고 한다. 처음 30분은 좌선이란 무엇인지, 어떻게 하는 것인지를 말해준 다음, 나머지 60분은 실제 참선을 하는 것으로 했다.

"자기가 누구인지 말할 수 있는 사람?"

그런 사람 있으면 손을 들라는 뜻으로 내 손을 들었다. 아무도 손을 드는 이가 없었다.

"대답하기 쉽지 않죠? 이처럼 사람들 대부분이 자기가 누구인지, 무엇인지도 모르는 채 살아가고 있습니다. 인간의 문제는 다 여기서 생겨나는 겁니다.

내가 누구인지 알아내기 위한 시도는 인류 역사 이래로 무수히 많았습니다. 철학이 이런 것들에 대해 답을 줄 수 있을 거라고 기대도 해보고, 종교가 그 답을 제시하고 있다는 말들도 있고.

불교에선 뭐라고 할까요? 불교의 가르침이야말로 자기가 누구인지, 무엇인지 아는 것을 핵심 과제로 하고 있다 해도 크게 틀린 말이 아닙니다. 왜냐하면 인간이 살아가면서 겪게 되는 고(苦)의 해결이 불교의 목적인데, 고의 원인은 자기를 잃고 사는데 있다고 보기 때문입니다. 그래서 고의 해결을 위해 진정한 자기, 참 나에 눈뜨자는 거죠.

진정한 자기, 참 나, 이런 말들은 오해를 불러일으킬 소지가 다분합니다. 그래서 불교에선 쓰지 않는 용어입니다. 불교에 익숙하지 않을 여러분들에게 제가 쉽게 이해시켜 드리고자 쓰는 용어입니다.

왜 안 쓰는가? 나, 진정한 자기, 참 나 같은 건 없다는 겁니다.

이 말에 당장 당혹스럽죠? 거부감이 생기기도 하고. 내가 여기 이렇게 멀쩡히 살아 숨 쉬고 있는데 나 또는 진정한 자기, 참 나가 없다니.

'나'는 환이라고 합니다. 즉 실체가 없다는 거죠. 더 정확하게 말하면 있지 않은 어떤 것을 우리가 있다고 믿으며 '나'라고 알고 산다는 겁니다. 환 속에 산다는 거죠. 그 환에서 깨어나라는 게 불교의 가르침입니다.

우리가 한 번도 의심해 본적이 없는 이 '나'. 모든 인식과 행위의 주체인 이 '나' 나가 없다니, 지어낸 환이라니, 가짜라니. 믿을 수 있겠어요?

그럼 이게 뭐지? 말하고 듣고, 인식하고 판단하고, 생각하고 행동하는 이것, 이 주체는 뭐지? 이 모든 인식의 주체인, 행동의 주인인 이 '나'가 없다니.

무언가 있기는 있죠? 이렇게 말하고 듣고 인식하고 생각하고 행동하는 주체. 뭔가 있지 않습니까? 그러나 그 있는 것에다 '나'라는 관념을 덧씌우지 말라는 겁니다.

무슨 말이냐? '나'라는 건 잘못 만들어진 가공의 것, 오해라는 겁니다. '나'라는 관념, 생각, 믿음 그것이 가장 근원적이며 뿌리 깊은 오해, 착각이 되어 수많은 다른 가짜 허깨비 환을 만들어내고 우리가 거기 속아 살고 있다는 겁니다.

있지만 나라고는 할 수 없는 그것. 불교에선 그걸 자성, 불성, 성품, 주인공, 본래면목, 본지풍광, 한 물건 등으로 표현합니다.

나는 누구인가? 나는 무엇인가? 고의 해결을 위해서는 이 '나'를 알아야 하기에 불교는 나를 밝히는 일에 주력하는데요. 나를 밝히기 위한, 본래면목을 알기 위한 수행을 해야 하는 이유는 무엇인가?

본래의 자기를 잊고 사느라 수도 없이 많은 악업을 짓고
그 악업이 나를 묶어 온갖 고통 속에서 힘겹게 살며
그런 고통스런 삶이 끝도 없이 이어진다.
이번 한 생뿐만 아니라 다음 생에도 다음 생에도, 또 그다음 생에도.

참 자기를 찾는 일, 참 자기에 눈뜨기 위한 노력이란 먹고 사는 일, 내 앞에 놓인 많은 일들과는 아무런 상관이 없어 보이죠? 그거 말고도 내겐 골치 아픈 일들이 너무 많고, 그 일은 내가 할 일도 아닌 거 같고.

아놀드 토인비라는 영국의 역사학자가 있었죠? 토인비 말년의 시기에 누가 그에게 물었어요. 20세기에 가장 주목할 만한 일 하나를 꼽으라면 당신은 뭐라고 하겠느냐고. 토인비가 말했답니다. 불교가 서양에 전해진 일이라고.

20세기에 얼마나 많은 일들이 있었어요. 두 번에 걸친 세계대전. 핵무기, 인류 최초로 지구를 벗어나 달에 착륙한 일, 위대한 발견, 발명, 그 외에도 수많은 정치적 사상적 사건들.

토인비가 1889년에 나서 1975년에 사망했습니다. 이 일화가 1969년엔가 있었던 아폴로 11호의 달 착륙도 보고 나서의 일인지 어떤지는 모르지만, 그가 20세기의 수많은 사건들을 겪은 뒤의 일인 것만은 틀림없습니다.

그러나 그 모든 것을 젖혀두고 토인비는 불교가 서양에 전해진 것을 가장 주목해야 할 일로 꼽았다는 거예요. 서양인들의 가슴에 불교라는 등불이 비춰져 그들의 삶이 바뀔 그 혁명적 변화의 가능성. 그게 그 어떤 일보다도 최고의 사건이라고 보아 그렇게 말했다는 겁니다."

그런 저런 이야기들로 분위기를 만든 뒤, 화두 드는 법을 일러주고 실제로 화두 의심을 하는 좌선 시간으로 들어갔다.

그래놓고 앉은 자세들을 보느라 단기 출가생들 사이를 걷다가 말했다.

"그냥 앉아 있지 마십시오. 죽어있는 겁니다. 화두를 의심하십시오."

내가 상대의 마음을 들여다보는 타심통이 있어 그냥 앉아 있지 말라고 한 건 아니었다. 거의 대부분이 화두의심을 할 줄 몰라 그냥 앉아 있거나 망상 속에 있을 거라는 예상에서였다. 내 자신의 경험을 통해, 많은 사람들의 이야기를 통해, 말 몇 마디 듣고 바로 화두의심이 되는 건 아니라는 걸 알아서였다. 예상했던 대로 그 말에 자극을 받았는지 한 사람이 손을 들고 질문을 했다.

"죽어있는 거라는 말씀에 용기를 얻어 질문 드립니다. 화두를 어떻게 의심해야 하는 건지 다시 설명해 주셨으면 합니다. 잘 못하겠습니다."

33 좌선의 강의 2

중국 당나라 때 귀종 스님이란 분이 있었는데 한 스님이 그에게 물었습니다.

"부처란 무엇입니까?" 하고.

귀종 스님이 말하길,

"말해주고 싶어도 네가 믿지 못할까봐 못하겠구나." 그랬어요.

질문을 한 스님이 말했습니다.

"큰스님의 지극하신 말씀을 제가 어찌 믿지 않겠습니까."

"그럼 말해주랴?"

"예."

"네가 바로 부처니라."

내가 부처라. 믿어져요 여러 분? 움찔하고 자신이 없죠?

나는 이렇게 나약한데. 별거 아닌 작은 일에도 쉽게 토라지고, 원망하고, 미워하고, 때론 증오하고, 변덕스럽기 짝이 없고 뭐 하나 제대로 하는 거 없고 갖고 싶은 건 많고 내 마음 나도 모르는데 내가 무슨 부처, 저 스님 거짓말 아부도 잘 한다. 이런 생각부터 듭니까?

그렇지만 우리는 모두 부처입니다. 부처인줄 모르고 살 뿐이에요. 불교의 가르침은 다른 게 아니에요. 우리가 부처라는 명백한 진실에 눈뜨자는 겁니다.

그렇다면, 우리가 부처라면 왜 우리는 부처이면서 부처인줄 모르고 있을까? 속아 사느라고. 환, 가짜에 속아 지내느라고.

유명한 비유를 하나 제가 들어보겠습니다.

길을 가던 사람이 뱀을 보고 놀라 흠칫 피하는 몸짓을 했습니다. 자세히 보니 뱀이 아니고 밧줄 토막이었습니다. 그는 있지도 않은 뱀을 봤다고 착각한 채 행동한 것입니다. 밧줄도 또한 존재하지 않습니다.

밧줄을 설명을 쉽게 하기 위해 새끼줄이라 해봅시다. 새끼줄은 그 재료인 볏짚과 그걸 만든 이의 노동의 합성물일 뿐입니다. 그 볏짚조차도 연원을 따져보면 어느 봄날의 한 볍씨에서 나왔으며, 볍씨를 틔워 자라게 한 물, 온도, 대기의 조건, 사람의 노동력, 시간 등등의 합성물 또는 결과물이 볏짚입니다. 처음부터 볏짚으로 독립해 있는 그런 건 없습니다.

그 여러 가지 요소들의 합성물인 눈앞의 이것을 볏짚이라 부르고 새끼줄이라 부르듯이 '나'도 합성물이며, 볏짚 새끼줄이 영원하지 못하듯이 '나'도 영원하지 못합니다.

그 '나' 를 사람들은 있다고 믿으며 부여잡고 놓지 못한 채 온갖 허망한 생각과 행위를 만들어 냅니다.

밧줄을 뱀으로 잘못 알고, 그것이 원인이 되어 놀라거나 비명 지르거나 뒤로 물러나는 행위. 사실을 잘못 알고 반응하는 이 우스꽝스러운 행위. 그게 밧줄임을 알고 있는 누가 봤다면 어리석다 했을 그런 행동.

그렇듯이 우리가 환, 가짜에 속아 살고 있다는 겁니다.

그런데 더 놀라운 건, 비록 잘못 보고 잘못 행동했지만 그래도 우리는 부처라는 겁니다.

무슨 말이냐? 잘못 알고 놀란 사람과, 나중에 '뱀이 아닌 줄 알고 괜히 놀랐네' 하는 그 사람이 같아요 달라요? 그 사람이 그 사람이잖아요. 달라진 거라곤 알았다는 거. 그래서 이제는 속지 않고 제대로 행동할 수 있다는 거.

마찬가지로 비록 지금은 환에 속아 그릇되이 행동하고 있지만 그럼에도 불구하고 우리는 지금도 부처인 것입니다. 우리가 할 일이라곤 환에서 깨어나기만 하면 돼요.

우리가 중생으로 살고 있지만, 수많은 생을 살아오는 동안 진실을 알지 못해 갖가지 허물을 지으며 때가 덕지덕지 묻고 남루하고 상처 투성이지만 우리는 모두 부처입니다. 밧줄을 밧줄로 제대로 보면 한순간에 바로 잡히듯이, 진실에 눈뜨면 됩니다.

이처럼 부처가 된다는 것은 없던 것을 만들어 내거나 살아오면서 훼손된 어떤 것을 복원해내거나 더럽혀진 어떤 것을 본래대로 깨끗하게 만드는 게 아닙니다.

눈이 제대로 뜨여 밧줄을 밧줄로 보면 되듯이, 내가 본래 부처임에 눈뜨면 되는 겁니다.

그러므로 부처가 된다는 표현은 맞지 않아요. 내가 부처라는 그 영원불멸의 진실에 눈뜨는 거라는 표현이 합당합니다.

어때요? 내가 부처구나 하는 생각이 좀 들어요? 논리가 그럴 듯하면서도 너무 엄청난 비약인 것 같기도 하고 그런 느낌이에요?

이 진실은 논리로 알아낸 게 아닙니다. 지혜의 눈을 얻은 사람들이 혜안으로 보아낸 거예요. 이해를 시키려다 보니 논리를 빌리고 있을 뿐, 논리나 지식으로 이걸 알 수 있을 거라는 생각은 마시기 바랍니다.

젊은 남녀가 서로에게 사랑의 감정을 느끼게 되었습니다. 그래서 이런 저런 과정을 거치면서 여자가 자기 부모에게 남자를 인사 시켰는데, 부모가 보기에 애지중지 키운 내 딸을 믿고 맡길 만한 남자가 못 되어서 부모가 특히 엄마가 한사코 말립니다.

그래도 한창 사랑의 감정에 취해 있는 두 사람은 끝내 부모의 말을 안 듣고 결국 맺어집니다. 보란 듯이 잘 사는 커플들도 많죠? 그런가 하면 부모의 우려대로 상처투성이가 되는 경우도 적지 않습니다.

세월이 흐른 뒤 딸이 엄마에게 말합니다.

"엄마, 그때 좀 말리지 그랬어."

"이년아! 내가 죽어라 하고 말렸지만 네가 죽어라 하고 안 들었잖아."

우리는 그게 환인 줄 압니다. 맺어지기만 하면 평생 행복할 줄, 나 하나만을 위한 특별한 사람인 줄 알았지만 자기가 지어낸 생각일 뿐이었다는 걸 압니다.

그런 일을 주변에서 심심찮게 보거나 듣고, 때로는 자기가 직, 간접적인 당사자가 되기도 하는 탓에, 그와 유사한 경험들을 하는 덕에 세월이 흐른 뒤 그게 환이었음을 압니다.

그런데 '나'에 관한, 세상 전반에 관한 이 환은 우리가 어떤 대상 혹은 자기 자신을 인식하기 시작하는 그 시점부터 시작되어 죽을 때까지 갑니다. 많은 전생에서도 그렇게 살아왔고. 한마디로 환의 상태가 너무 견고해. 그래서 의심조차 해본 적이 없어. 당연히 깨어나기가 거의 불가능하죠.

자기 하나만 환에 갇혀 있다면 아무리 그게 두텁고 견고해도 주위 사람들을 보면서라도 자신의 상태를 의심해보고 깨어나려고 애쓸 텐데. 거의 모든 사람들이 똑같이 환 속에 갇혀서 환인 줄도 모르고 살고 있어. 죽는 마지막 순간까지도 환인 줄 모르고 죽으니까 그 환의 연장으로 다시 환 속에 태어나, 환 속에서 살다 환 속에서 죽고. 다음 생에도, 다음 생에도, 또 그 다음 생에도…….

이걸 이제 끊고 진실에 눈뜨자는 겁니다. 이거만큼 중요한 게 어디 있어요?

제가 다음 생에도, 다음 생에도, 또 그 다음 생에도 그렇게 말하니까 '다음 생에 내가 깨어 있을지 어떻게 알아' 하실지 모르지만, 천만에 말씀. 지금을 보면 그대로 답이 보이잖아요.

이렇게 들어도 못 깨어나고 있으며, 여러분들이 여기 와서 이런 말 듣고 있는 확률을 생각해 봐요.

대한민국 사천 오백만 중에 몇 아닙니까? 그걸 다시 지구 전체 인구 대비로 확대해 봐요. 물론 이 시간 다른 곳에서도 이런 류의 가르침을 듣는 이들이 많을 겁니다. 그렇다 하더라도 확률로 볼 때 극소수예요.

극소수라 해서 여러분들이 우월하다거나 특별하다고 생각하란 의미는 아닙니다. 자기를 찾는 이런 주제에 접해 볼 수 있는 확률이 극히 적다는 거죠. 이 가르침을 만났지만 기회를 살리지 못하고 스쳐 지나가는 경우도 많을 것이고. 다시 말해 다음 생에도 여전히 환 속에 살게 될 가능성이 압도적으로 높다는 거 아닙니까?

그러니 이런 가르침이 있음을 알게 된 이참에 진지하게 수행해 보세요. 수행하라는 말이 출가하라는 말은 아닙니다. 여러분들이 어디서 무엇으로 살든 이 공부의 끈을 놓지 말라는 뜻입니다.

환에서 깨어나기 위한 노력, 그게 수행입니다. 환에서 깨어나는 게 깨달음이며, 진리에 눈뜨는 것이며, 부처가 되는 것입니다. 부처가 되는 게 아니라 내가 부처임을 알고 부처로 사는 겁니다.

어떤 사람에게 당신이 왕이라며 왕의 옷을 입히고 왕의 행동을 가르치고 왕의 처소에 데려다놓으면 그가 왕으로 살까요?

왕이라는 자각이 없어 불안해하고 두려워하며 왕으로 살지 못합니다. 마찬가지로 아무리 여러분이 부처라고 말해 줘도 부처임을 알지 못하는 탓에 부처로 살지 못합니다. 부처로 살려면 부처임을 알아야 합니다.

자신이 본래 부처라는 명백한 진실에 눈뜨기 위한 노력, 그게 수행이라고 했죠? 그 가장 직접적이고 탁월한 수행법이 바로 참선, 그 중에서도 화두를 의심해가는 화두참선법, 간화선입니다. 지금 우리가 하려는 것. 자, 해보겠습니다.

그새 앉는 자세들이 많이 좋아졌다. 사십대로 보이는 이들의 앉은 자세에서는 진지함이 배어나오기도 했다. 그럴 수 있으리라. 내가 무얼 쫓아 이 나이까지 왔나 하는 마음에 살아온 날들이 돌아봐지고, 산다는 일에 대해, 자기가 누구인지에 대해 다시 생각해 보게 되는 시기일 수 있으니까.

남자는 의무적으로 삭발을 하고 여자는 본인의 의사에 맡긴다더니, 여자 단기 출가생들 중에는 삭발을 한 이도 보이고 치렁한 머리 그대로의 차림도 있었다.

질문이 많았지만 아무래도 초보 수준의 물음들이었다. 한 달간의 단기 출가가 끝나는 날 청년 셋이 출가했다는 얘길 나중에 들었다.

34 어째서 '무아' 인가? 왜 '무' 인가?

모든 행위를 할 때마다 집어내어 자세히 살펴라. 이것이 어디에
서 일어났으며 어떤 물건이기에 이런 저런 행위를 해내는지를.

『원오심요』

'이뭣고' 화두를 하면서 나는 이것이 홀연히 일어나며, 구름 흩어
지듯 자취도 없이 사라지는 걸 본다. 구름은 지상의 나무나 풀, 돌,
산, 강 등 그 어느 것과도 연결되어 있지 않다. 그것들로부터 나온 수
분이 대기 조건에 따라 구름의 형상으로 나타나는 것이긴 하지만, 구
름은 나무도 아니요 풀도 아니며 꽃도, 산, 강, 바다도 아니다.

그렇듯이 '이것' 이 성품에서 생겨나긴 했으나 성품은 아니다. 그
러나 사람들은 '이것' 이 성품, '나' 일 것으로 잘못 알고 있다. '이
것' 이 이끄는 대로 이런 저런 행위를 하면서 내가 행동한다고 알지
만, 성품을 등진 채 망정에 끌려 다니는 것일 뿐이다.

나는 '이것' 은 망정 망념임을, 나라고 할 '이것' 이 없음을 보지만
그래도 여전히 '이뭣고' 화두를 한다. '이것' 이 망념임을 아는 상태

에서 나오면 다시 '이것'에 끌려 다니고 있기 때문이다. '이것'이 망정 망념임을 알면서도 아직은 제어하지 못하고 끌려 다니고 있다는 얘기다.

밑바닥까지 뒤집어 말끔히 해내지 못한 때문인데, 그러니 어찌 내가 '이뭣고' 화두를 그만둘 수 있겠는가. 나는 '이뭣고' 화두로 조사관을 뚫을 작정이다.

화두란 의심이 생명이다. '이뭣고'에서 '이것'이란 망정 망념이며, 구름이 실체가 없듯이 '이것' 또한 없는 것임을 알았으면서도 '이뭣고' 화두를 해야 하는가? 그러고도 의심이 되는가? 내 자신도 그게 궁금하고 잠시 혼란스러웠으나 그대로 '이뭣고' 화두를 하기로 했다.

의심이 되고 집중이 되는 한 그대로 하기로 한 것이다. 거기다가 앞에서 말했듯이 밑바닥까지 뒤집어 철저히 밝히지 못한 탓에 여전히 '이것'에 끌려 다니고 있으니 화두를 바꿀 뜻이 없다.

개에게도 불성이 있습니까?
개에게는 불성이 없다.
어찌하여 개에게는 불성이 없습니까?
개에게는 업식성이 있기 때문이다.

사람들은 이 문답을 근거로 해서 무자 화두를 든다. 부처님께서 말씀하시길 불성은 모두에게 갖춰져 있어 길바닥에 구물거리는 벌레에게 까지도 불성이 있다 했는데, 조주 스님은 왜 개에게는 불성이 없다고 했을까? 왜 무라고 했을까? 어째서 무라 하는가? 무? 이렇게 의심한다. 무자 화두는 간화선 수행자들이 가장 많이 선택하는 화두이며, 가장 많은 선지식을 배출한 화두이리라.

나는 궁금할 때가 많았다. '왜 개에게는 불성이 없다고 했을까?' 가 정말로 그토록 많은 수행자들이 전 생애를 걸고 물고 늘어져야 할 만큼 절박한 단 하나의 과제인지.

'어째서 개에게는 불성이 없다 했는가?' 그거 말고도 우리를 잠 못 이루게 하는 의문, 풀어야 할 숙제는 얼마든지 있지 않을까.

많은 이들이 '왜 개에게는 불성이 없다고 했을까?' 에 목을 매고 있는 건, 그 의문이 자신에게 절실해서라기보다 혹시 그 화두를 통해 가장 많은 '눈 푸른 이' 가 배출되었기 때문인 건 아닐까?

공부에 속 시원한 진전이 없는 게 혹시 자신에게 가장 궁금한, 절실한 문제인 것도 아니건만 많은 이들이 무자 화두를 하니까 나도 그걸 하는 것이다 보니, 활화산처럼 솟구쳐 오르는, 천길 높이에서 쏟아져 내리는 폭포 같은 힘을 내 안에서 이끌어내지 못해서인 건 아닌지.

자신의 모든 문제를 뭉뚱그려 단 하나로 집약한 물음이 '어째서 개에게는 불성이 없다고 했을까?' 라면 가장 이상적인 화두를 선택한 것이리라. 그러나 그렇지 못하고 많은 수행자들이 그걸로 일대사를 해결했으니 나도 무자 화두를 하는 것이라면 그 수행자에게 재앙일 수 있지 않을까?

많은 이들이 혼란을 느끼는 사항이지만, 불교는 무아를 선언한다. 또한 반야심경은 무(無)를 반복적으로 사용하며 많은 것들을 부정해 나간다. 행여 그래서 무에 끌리고 마음이 가서 무자 화두를 하는 거라면 이렇게 의심해야 하리라.

내가 여기 이렇게 존재하고 있는데 왜 '무아'라 했을까? 보이고 들리며 인식되는 이 많은 것들을 어째서 없다 하나? 어째서 무라 할까? 왜 무인가? 언젠가 내가 '이뭣고' 화두를 타파하고도 막히는 데가 있어 새로운 화두를 해야 할 일이 생긴다면, 무를 의심하되 이렇게 의심할 것이다.

화두를 신비한 어떤 것으로 아는 수행자들도 있다. 화두가 무어 신비한가. 문 두드리는 기와조각일 뿐인데.

화두 의심이란 이치나 분별을 떠난 것이니 다만 의심할 뿐이라면 맞는 말이다. 하지만 많은 이들이 간 길이니 이 길일 거라고 생각해 무자 화두를 하고 있는 거라면, 자신의 화두를 의심해볼 필요도 있지 않을까?

35 이 공부를 하는 이유는

석두 스님이 약산 스님에게 물었다.

"그대는 여기서 무엇을 하느냐?"

"아무것도 하질 않습니다."

"그렇다면 한가하게 앉아 있는 거로군."

"한가하게 앉아 있는 것도 하는 겁니다."

석두 스님이 다시 물었다.

"그대는 아무것도 하지 않는다 하였는데, 무엇을 안 한다는 건가?"

"모든 성인도 모릅니다."

한 수행자가 인적이 끊긴 곳에 들어가 공부에 전념하고 싶어, 절벽 중간의 동굴로 칡넝쿨을 타고 내려가 들어갔다. 감복한 하늘 사람이 그에게 하늘 음식을 제공해 주어 그는 굶어죽지 않고 수행을 계속할 수 있었다.

한동안을 그렇게 지내던 수행자가 동굴을 나와 한 스님을 찾아뵈었다.

스님이 물었다.

"그동안 어디서 지냈느냐?"

"사람이 오갈 수 없는 절벽 중간의 동굴에서 수행했습니다."

"무얼 먹고 지낼 수 있었느냐?"

"하늘 사람들이 음식을 갖다 주어 그걸 먹고 지낼 수 있었습니다."

스님이 호통 쳤다.

"하늘 사람의 공양을 받다니. 그걸 공부라고 하고 있었는가?"

절 살림을 맡아 살던 한 스님에게 두 명의 저승사자가 찾아왔다. 스님이 저승사자들에게 말했다.

"소승이 살림을 사느라 미쳐 이 공부를 못했습니다. 이 공부 한 번 해볼 수 있도록 일주일만 시간을 주시기 바랍니다."

저승사자가 돌아가 염라대왕께 고하고 일주일 후에 스님을 데리러 다시 왔다. 저승사자들은 스님을 찾을 수 없었다.

서역에서 한 스님이 왔는데, 사람의 마음을 읽는 타심통을 갖춘 고 승이라는 명성이 퍼졌다. 남양혜충 국사가 서역의 스님을 만났다.

"그대가 사람의 마음을 읽는 타심통이 있다 하던데 정말 그러하 오?"

"과분하신 말씀이십니다."

"내가 지금 무슨 생각을 하고 있는지 알 수 있겠소?"

잠시 뒤 서역의 스님이 말했다.

"스님께서는 동정호에서 뱃놀이 중이시군요."

"이번에는 어떻겠소?"

서역의 스님이 말했다.

"점잖으신 국사 스님께서 원숭이들 놀이나 구경하고 계시다니요."

혜충 국사가 말했다.

"한 번 더 해보기로 합시다."

이번에는 서역의 스님이 혜충 국사의 마음을 찾을 수 없어 쩔쩔매었다.

혜충 국사가 호통을 쳤다.

"이 요망한 승려야."

동산 스님이 일생을 사원에 주석하였으나 토지신이 그의 종적을 찾으려 해도 찾지 못하였는데, 하루는 부엌 앞에서 쌀과 국수를 던져버리는 것을 보고서 동산 스님이 화를 내어

"삼보의 상주물을 어찌 이처럼 짓밟을 수 있다더냐."

라고 말했다.

마침내 토지신은 동산 스님을 한 번 뵐 수 있게 되어 대뜸 절을 올렸다고 한다.

무슨 말들일까? 한생각도 일으키질 않아 자취가 없어 찾을 수 없다

는 말 아닌가. 그리하여 원오 스님은 말한다.

조사의 정맥을 밟는 이라면 하늘 사람들이 꽃을 바치려 해도 길
이 없고, 마군외도가 가만히 엿보려 해도 보이지 않습니다.

숨어버린 걸까? 고작 숨기 위해 이 공부를 하는 것이겠으라.

본래의 진정명묘하고 텅 비고 고요하여 담박하고 여여부동하고
진실한 바른 몸을 활연히 깨닫는다.
한생각도 나지 않고 앞뒤가 끊긴 자리에 이르러 본지풍광을 밟
아서 다시는 많은 잘못된 깨달음과 지견, 나와 남, 옳고 그름, 삶
과 죽음의 더러운 마음이 없다. 『원오심요』

이 공부를 하는 이유는 다시는 많은 잘못된 생각들과 지견, 나와
남, 옳고 그름, 삶과 죽음의 더러운 마음으로 자신을 고통 속에 가두
고 싶지 않아서이다. 다른 사람까지도 고통스럽게 하고 싶지 않아서
이다. 자기의 근원에 눈떠 가슴 속의 큰 의문을 푼 뒤, 사람들을 밝음
으로 인도하고 싶어서이다.

한생각도 나지 않는 곳, 언어도단 심행처멸한 곳에 이르면 그게 가
능하다. 어떻게 해야 한생각도 내지 않을 수 있는가? 어떻게 해야.
그래. 수도 없이 외우고 다닌 원오 스님의 글이 있지.

뜻을 품은 사람이 결정코 이 큰일을 믿고 들어가려 한다면, 마치 어리석은 사람처럼 가슴 속을 허허로이 텅 비우며, 모든 것을 다 몰라서 천 번 쉬고 만 번 쉬어야 한다. 단박에 본지풍광을 좇아 어디에도 얽매이지 않고 투철히 벗어나 앞뒤가 모두 끊겨서……

'이뭣고?' 의심하는 거다.

저절로 천 번 쉬고 만 번 쉬어지도록.

저절로 가슴 속이 텅 비도록.

화두가 펄펄 살아 제 스스로 극한을 향해 내닫도록.

36 인절미, 인절미지

투자 스님을 찾아가던 조주 스님이 길에서 투자 스님을 만났는데, 투자 스님이 인절미 하나를 주었다.

조주 스님이 말했다.

"오랫동안 투자 스님의 소문을 들어왔는데, 그저 인절미 파는 늙은 이일 뿐이네."

투자 스님이 말했다.

"그대는 아직 투자를 알지 못했네."

"어떤 것이 투자인가?"

투자 스님이 인절미를 집어 들고 말했다.

"인절미, 인절미지."

투자 스님이 무얼 말하는지가 보였다.

내가 견고한 유리벽 이쪽에 있는 것 같다. 투자 스님과 조주 스님의 움직이는 모습이 보이지만 말은 들리지 않는다. 말소리가 전혀 들리지 않는 건 아니다. 이따금 멀리서 바람결에 끊어졌다 이어졌다

하며 아련하게 들려오는 소리처럼 소리가 들리긴 한다. 하지만 토막
난 소리들이어서 명확히 알아들을 수 없는, 나는 그들을 보지만 그들
은 이쪽을 아랑곳하지 않는다. 이 견고한 유리벽을 지나 저쪽으로
갈 방법이 없다.

전에는 은산철벽이었다. 가로막힌 은산철벽 저쪽에 무엇이 있는지
알 수가 없었다. 이제 그 은산철벽이 유리벽으로 바뀌어 저쪽에 무
엇이 있는지 보이긴 하나 저쪽의 소리는 명확하지 않다. 저쪽으로
갈 방법도 없다.

그들은 나를 쳐다보지도 부르지도 않는다. 나는 유리벽 저쪽 세계
를 보며 서성거리기만 할 뿐이다.

유리벽 저쪽에 있는 이들이 조주 스님, 투자 스님뿐인 건 아니다.
다른 스님들도 보인다. 황벽 스님, 원오 스님, 백장 스님, 임제 스님,
임제 스님에게 호통을 치는 대우 스님도 보이고, 그 외에도 많은 이
들.

나는 유리벽을 두드리지도 소리쳐 그들을 부르지도 않는다. 부질
없는 행동이라는 걸 안다. 내가 이 벽을 없애고 들어서야 한다. 서성
이다가 밤이 된다.

37 흔들리는 것은 그대들의 마음이다

광법사란 절에서, 바람에 나부끼는 깃발을 보며 한 스님이 말했다.

"깃발이 흔들린다."

다른 한 스님이 말했다.

"아니다. 바람이 흔들린다."

깃발 자체로는 흔들릴 수 없고 바람의 움직임이 깃발의 흔들림으로 나타나는 것이므로 바람이 흔들리는 것이라고 말한 것이다. 그걸 본 한 사람이 말했다.

"깃발이 흔들리는 것도 아니고 바람이 흔들리는 것도 아니요, 그대들의 마음이 흔들리는 거다."

그 말에 사람들이 놀랐다. 누가 이렇게 말할 수 있는가. 주지인 인종 법사가 나서서 물었다.

"황매산에서 5조스님의 법을 전수받은 이가 남쪽으로 내려왔다는 말을 들은 바 있습니다. 혹시 시주가 아니신지요?"

"부끄럽습니다."

이에 인종 법사가 삭발케 하고 수계의식을 행한 다음 법을 청해 들으니, 6조스님이 세상에 몸을 드러냄이다.

  깃발이 흔들린다.
  바람이 흔들린다.
  흔들리는 것은 깃발도 바람도 아니요, 그대들의 마음이다.

  6조스님의 말뜻은 거기 있지 않지만 이때 사람들은 잠깐 속기 쉽다. 유형의 물질인 깃발처럼 마음도 흔들리고 움직이는 그런 것인가 하고.

  마음은 비물질이다. 더구나 마음은 찾을 수 없다고 했다. 그런 마음이 어떻게 바람에 나부끼는 깃발처럼 흔들릴 수 있을까?

  깃발의 움직임을 놓고 옥신각신하던 터라 마음이 흔들리는 거라는 말에 사람들은 더욱 놀란다. 흔들리는 깃발의 잔상, 이미지가 그대로 살아있으면서 '마음이 흔들리는 거라는 말'과 겹쳐지기에 마음도 흔들리는 어떤 것인가? 하게 된다.

  우리는 일상적으로 '마음이 흔들린다.' 라는 표현을 자주 쓴다. '그때 내가 마음이 흔들리지 말았어야 했는데' '그만 굳게 먹은 마음이 그런 생각이 드는 순간 흔들렸습니다.' 등등. 마음이 흔들린다는 그 말뜻을 우리는 알고 있다.

  바람에 흔들리는 깃발의 모습을 머릿속에서 지우고 마음이 흔들린다는 말을 떠올려 보자. 우리는 그 말의 의미를 쉽게 이해할 수 있다.

그런데 왜 사람들이 6조스님의 그 말에는 그렇게 놀랐을까?

눈앞에 있는 깃발이라는 하나의 대상을 놓고 벌어지는 옥신각신. 6조스님의 이 일화는 외물의 움직임에 따라 흔들리고 있는 자신들의 마음 상태는 보지 못하고, 외물인 깃발에만 마음을 빼앗기고 있는 사람들의 마음을 돌아보게 하는 백미의 가르침이다.

아는 신도님 내외가 등산화를 하나 사줬다. 직원을 두고 있다지만 꽃집을 하고 있는 이들. 가게를 맡기고 나오는 게 마냥 쉬운 일인 것만은 아니리. 이미 크기가 맞지 않아 한 번 바꿔온 데다, 색상과 모양을 이러이러한 걸로 해달라고 말하는 게 내키지 않았다.

주는 대로 받을 일이다. 내 쪽에서 호·불호를 말하지 말라. 그것은 내가 그토록 외우고 다니는 조사 스님들의 말씀에 어긋난다. 마음에 좋고 나쁨, 아름다움 추함, 더럽고 깨끗함, 취사선택의 분별심을 두지 말라고 얼마나 외우고 다니는가. 그 모든 것들이 망념이며 그런 망념에 이끌려 생각하거나 행동하는 순간, 이미 허깨비, 가짜에 속아 끌려가는 거라고 얼마나 자신에게 가르치고 타일렀는가. 그러니 주는 대로 받아라. 망념을 일으키지 마라. 끌려가지 마라.

그렇게 해서 받아 신은 등산화에 몇 군데 빨간색이 있었다. 그걸 신고 다니던 어느 날, 한 스님이 내게 말했다.

"스님, 등산화 색깔이 너무 튀네요."

그 말을 듣는 순간 퍼뜩했다.

그대 마음이 튀고 있구나. 그래, 이거지. 언젠가 그 의미가 생생하

195

게 알아졌다가 차츰 희미해져 다시 이전의 화석처럼 죽은 이미지로만 남아있던 그 일화. 깃발이 흔들리는 것도 아니요 바람이 흔들리는 것도 아니며, 그대들의 마음이 흔들리는 것이다.

화석처럼 죽어있는 이 가르침을 스님이 다시 싱싱하게 되살려 주는구나. 고맙구나. 스님이여. 그 말이여.

'등산화 색깔이 너무 튀네요.'

튀는 것은 그대의 마음이다. 눈으로 본 외물에 끄달려 그대의 마음이 튄 것이다. 보고, 듣고, 감촉하는 대상에 마음을 빼앗긴 것이다.

바로 이것이 수행의 핵심이다. 오감을 통해 인식하는 대상에 마음을 빼앗기지 않는 것. 아름다움 추함, 깨끗하고 더러움, 좋고 싫음, 등등의 온갖 분별심이 생겨나는 순간 이미 어긋난 것이며, 그런 분별심이 이끄는 대로 생각하고 행동하면 그게 바로 범부 중생의 살림살이다.

그러므로 동(動)하지 마라. 아름답다는 생각, 추하다는 생각, 깨끗하다는 더럽다는, 성스럽다는 속되다는 생각 마음에 두지 마라. 일으키지 마라.

본래부터 아름다움, 추함이 있는 게 아니다. 선사들이 그토록 버리라고 한 지어낸 생각, 분별심, 망념일 뿐이다. 일체의 그런 분별심이 없는 상태가 평상심이며 우리 본래의 상태, 본지풍광, 본래부터의 깨달아 있는 상태라지 않는가.

그런 가르침이 얼마나 많은가. 많은 정도가 아니라 선사들의 가르침은 모두 그 하나를 일깨우기 위한 것이다.

> 지극한 도는 어렵지 않아 오직 가리고 택함을 꺼릴 뿐이니
> 미워하고 좋아함만 없으면 그대로 명백하리라. 『신심명』

> 3조스님께서 말씀하시길, (도에) 급히 상응하려느냐. 다만 불이
> (不二 : 옳고 그름, 너 나 따위의 둘이 아닌)일 뿐이니라 하셨지만, 나
> 같으면 불이라 해도 벌써 둘이 되어 버렸다 하리라. 『원오 스님』

좋다는 생각, 갖고 싶다는 생각, 옳다는 생각, 그르다는 생각 따위를 일으키지 않을 일이다. 하나의 자연 현상일 뿐인 깃발의 움직임, 등산화의 붉은 색을 보고 동하는 마음만도 벌써 이처럼 본래의 상태를 잃어버린 것인데, 재물이나 명예, 권세 따위를 쫓아 내달리는 마음은 얼마나 멀어져 있을 것인가. 그런 것들을 탐하며 쫓고 있는 인생이란 얼마나 불행한 일인가.

고맙습니다 스님. 일깨워 주셔서. 등산화 색깔이 튀는 게 아니라 우리들 범부 중생의 마음이 튀는 겁니다.

몽땅 버리자 몽땅. 너무 붉다는 생각도, 지나치다는 생각도, 어울리지 않는다는, 아름답다는 더럽다는, 그래서 갖고 싶다는 멀리하고 싶다는 생각도. 그 모두가 시비 분별심이며 탐착심 아닌가. 우리의 본지풍광을 그런 것들로 가리우지 말자. 속아 어리석은 짓을 하지

말자.

저녁나절, 이것일 뿐인 걸 그토록 찾아 헤맨 거다. 밖으로, 엉뚱한 방식으로. 그런 자각이 오다. 이걸 뭘 다음 생까지 하나. 여기까지 온 김에 끝내야지 그런 생각도 들다.

다른 어떤 게 있는 거 아니다. 지금 이 마음이 그대로 부처이다. 그걸 모르고 우치(愚癡)하면 중생 일뿐, 우치함만 벗어나면 이 마음이 그대로 부처다 하는 자각이 다시 밀물처럼 오다. 이 자각이 투철하면, 명백해지면 그대로 깨달음이다. 그러나 여전히 공부힘이 약한지 어렴풋하구나. 안타까움이여.

자기의 부처가 참부처이니
자기에게 부처의 마음이 없다면
어디에서 부처를 구하리요.

『육조단경』

38 수행은 최고의 행복이며 축복

별스러운 건 아니지만 이 가르침에 대한 깨우침이 하나, 둘 늘어갈수록 이 공부, 수행할 수 있는 게 이 세상 그 무엇과도 비교할 수 없는 최고의 축복이라는 생각이 거듭 든다.

우리들 대부분은 덧없는 것들을 쫓아 평생을 허덕이며 산다. 그러나 우리가 알아야 할 그것보다 더 중요한 건 우리가 가짜에 속아 자신의 인생을 고통스럽게 만들며, 다른 이에게도 상처와 고통을 준다는 사실이다.

가짜에 속은 많은 사람들이 이익이나 명예, 권세, 한 순간의 재미에 마음을 빼앗겨 그런 것들을 차지하려고, 잃지 않으려고 안간힘을 쓰며 산다.

얻기 위해 차지하기 위해 고통 받고 분노하며, 잠시 손에 들어온 그걸 제 것으로 알아 놓치지 않으려고 빼앗기지 않으려고 또한 고통 받고 분노한다.

죽을 때 그 어느 것 하나 가져갈 수 없건만 차지하기 위해 악업을 짓고, 놓지 못해 또 악업을 짓는다. 그 악업만 가지고 갈 뿐이다. 그 악업으로 해서 다음 생은 더욱 고통스러워진다. 이런 어리석은 행위를 하며 사람들은 살고 있는 것이다.

세존과 선사들은 세간의 부질없는 명예와 이익을 마치 바람에 날리는 흙먼지처럼 보고, 꿈과 허깨비와 헛꽃처럼 보라고 했다.

고통은 어리석음에서 온다. 그러므로 어리석음에서 벗어나는 일은 고통을 소멸시키는 가장 확실한 방법이다. 이러할진대, 어리석음에서 벗어나는 일, 벗어나기 위한 노력. 이것처럼 축복받은 일이 어디 있겠는가.

사람은 누구나 자기 자신을 가장 사랑한다. 남을 위한 어떤 선행도 그것이 자기에게 기쁨을 주기에 하는 것이다. 선행을 하는 과정 자체가 기쁨을 주던, 선행으로 상대가 좋아하는 걸 보며 기쁨을 느끼던 자신의 기쁨을 위한 일이다.

세존과 동시대를 살았던 어느 왕이 하루는 궁궐 높은 곳에 올라 주변 경관을 둘러보다가 자기가 가장 사랑하는 게 무엇일까 하는 궁금증이 들었다. 곰곰 생각해보니 자기가 가장 사랑하는 것은 국가도 백성들도 자신의 부인인 왕비도 자식들도 아닌 자기 자신이었다.

그러나 왕은 그 생각에 자신이 없었다. 그래서 왕비에게 물어보았다. 왕비가 가장 사랑하는 게 무어냐고. 생각에 잠겼던 왕비가 말했다. 자기 자신이라고. 하지만 왕비 역시도 자신이 없었다.

마침내 왕과 왕비는 세존을 찾아뵙고 자신들이 내린 결론이 맞는지 그른지를 여쭈어보기로 했다. 그 이전에도 무언가 답을 얻지 못하는 일이 있으면 세존께 묻고 가르침을 듣곤 하던 왕이었다.

세존께서는 말씀하셨다. 누구에게나 가장 사랑스러운 대상은 자기 자신이라고. 문제는 자기를 사랑하는 방법이다.

사람들은 그처럼 가장 사랑하는 자신을 위하는 일이라며 이익, 명예, 권세를 끌어 모으려 하지만 그게 어디 자신을 사랑하고 이롭게 하는 일인가. 악업을 켜켜이 쌓는 일. 자신을 고통 속으로 몰아가는 일일 뿐이다.

몸과 마음을 다해 선업을 쌓는 일. 무지와 어리석음으로 어두워진 마음을 밝히는 일이야말로 자신을 가장 사랑하는 길이다. 어두워진 마음이 밝아질 때 진정한 자유와 평화, 행복을 누릴 수 있기 때문이다. 어리석음, 무지, 탐욕으로 찌들은 자신을 본래대로 해놓는 일만 한 축복이 어디 있으랴.

찌들은 자신을 본래대로 해놓는다고 했지만, 우리는 찌들은 바가 없다. 우리 본래의 상태는 더럽혀지지 않는다. 손상될 수 없다. 그 무엇으로도 더럽혀지거나 훼손될 수 없는 우리 본래의 상태를 등지고, 뒤바뀐 한생각, 망념을 쫓아 사는 게 문제일 뿐이다. 무지와 망념, 어리석음으로 스스로를 얽어매고 스스로를 고통스럽게 하고 있을 뿐이다.

그러므로 고통을 해결하는 유일한 길은 무지와 망념, 어리석음을 부수고 눈뜨는 것이다. 가짜, 환에서 깨어나 단 한 번도 더럽혀지거나 훼손된 적이 없는 우리의 본성과 계합하는 일이다. 등지고 앉아 그런 게 있는지도 모르고 살던 우리의 본성에 눈뜨기 위한 노력 그게 수행이다.

또한 수행은 출가자, 수행자라고 하는 이들만의 전유물이 아니다. 누구나 수행할 수 있다. 누구나 수행해야 한다. 어리석음에서 깨어나는 일, 고통을 벗어나는 유일한 길이므로.

일체를 버리는 거다. 내려놓는 거다. 성스럽다는 생각, 부처가 되고자 하는 마음 또한 버려야 할 망념이 아니랴. 버렸다는 생각도, 내려놓았다는 생각도 갖지 않는 거다.

아름다움 추함, 깨끗함 더러움을 구분하지 말라. 구분하면 이미 분별심을 낸 것이며, 깨끗함 아름다움을 쫓는다면 벌써 아득히 멀어진 것이다. 그러므로 매사에 가리고 구분하는 마음 없이 지내도록 하라. 그것이야말로 머무르는 바 없이 마음을 내는 것이다.

아직은 내가 분별의 세계에 있음을 안다. 그러나 그런 것들에 끌려가는 게 조금씩이나마 줄어감을 느낀다. 끌려가지 않으려고 애쓰는 자신을 자주 본다. 대책 없이 끌려만 가던 지난날에 비해 얼마나 다행한 일인가.

끝내는 해낼 일이다. 그러려면 수행이 축복이라는 생각도 갖지 말라. 그것도 분별이며 탐착이다.

어느 날, 그런 생각이 들었다. 시비 분별, 탐착심 이런 것들이 참으로 나를 얽매어 나를 고통스럽게 하고 있었구나. 이제야 가슴으로 이런 것들이 조금씩이나마 알아지는구나. 아직은 이런 것들이 나를 지배하고 있지만 하루라도 빨리 버리자. 기쁘게 버리자. 내가 왜 이걸 못 버리나. 주머니에 든 쓸모없는 것들 버리듯 버리자. 무얼 아까워 못 버리고 있었나.

어리석음 때문이었구나. 무지와 망념 때문이었다. 그 어리석음에서 깨어나는 일, 이것만한 축복이 어디 있으랴.

괴롭고도 괴롭도다. 단박에 해마칠진저
망정과 견해가 모든 사람을 죽이고
엉뚱하게도 사람들을 산채로 결박했음을
확연히 알라.

『원오 스님』

39 모든 성인도 전할 수 없는 자리

문 : 선업을 쌓으면 도를 얻을 수 있습니까?

답 : 도는 무위가 근본이므로 선ㆍ악과는 아무런 관련이 없다.

악을 행하는 것은 미혹과 허망 때문이며 성인은 미혹과 허망을

타파하는 도구로 선한 일을 한다.　『산방야화』

인류 사회는 선을 숭고한 가치로 여긴다. 인류가 추구하는 최고의
가치 중에 하나이리라. 악인이라고 손가락질 받는 사람조차도 선을
사랑한다. 자신에게도 선한 면이 있다고 믿는다.

왜 사람들은 선을 최고의 가치 중에 하나로 여길까? 다툼과 폭력,
전쟁, 살상, 증오를 극복할 수 있는 길이라고 믿어서일지 모른다. 고
통, 상처는 누구나 싫어한다. 선은 앞에 열거한 부정적인 것들을 줄
이거나 없앨 수 있으며, 평화를 줄 수 있다고 기대되기에 사람들은
선을 숭고히 여기는 게 아닐까?

그러나 여기 우리를 당혹스럽게 만드는 문답이 있다. 다시 인용해
보자.

선업을 쌓으면 도를 얻을 수 있는가?

도는 무위가 근본이므로 선·악과는 아무런 관련이 없다.

도란 대체 뭐길래 인류 지고의 가치인 선과는 아무런 관련이 없다고 하는 걸까?

일개 행자의 신분으로 5조홍인의 법을 이어받은 노행자를 쫓던 혜명 스님이 대유령에서 노행자를 따라잡았다. 전법의 신표인 가사를 탐해서가 아니라 법을 구하기 위해 에까지 왔노라는 혜명 스님에게 노행자가 말한다.

선도 생각하지 마라. 악도 생각하지 마라. 이러한 때, 어떤 것이 그대의 본래면목인가?

이 말에 혜명 스님은 온몸에 땀을 흘리며 개오했다고 한다.

자신의 본래면목을 보는 일은 선·악과는 무관한 일임이 여기서도 드러난다. 도는 자신의 본래면목에 눈뜨는 일이다.

위산 스님이 향엄 스님에게 말했다.

"그대는 하나를 일러주면 열 개, 백 개를 알만큼 총명하다고 들었다. 묻노니, 어느 것이 그대가 부모로부터 몸을 받기 이전의 본래모습인가?"

본래면목을 보는 일은 온갖 지식과 이치로는 안 되는 일인지, 대답을 못한 향엄 스님은 자기 방으로 돌아와 자기가 가지고 있는 모든 서적을 다 뒤졌지만 끝내 답을 찾을 수 없었다.

선업을 쌓아 얻을 수 있는 것도 아니고, 모든 지식 이치로도 알 수 있는 게 아니라면 도, 본래면목을 보는 일이란 무엇이며 어떻게 해야 얻을 수 있는 걸까? 추구할 만한 가치가 있기나 한 걸까?

내가 맨 위에 인용된 글을 옮겨 적은 건, 도는 선 · 악과는 관련이 없다는 대목에 끌려서였다. 모르긴 하지만 도란 이제까지의 가치 기준 관념을 넘어선 상태의 것이라는 걸 말하나 보다. 빨리 그런 것들을 버려야 할 텐데 하는 마음으로 옮겨 적은 글이었다.

2년 여가 지나 다시 그 글을 대했을 때, 글의 의미가 전혀 다른 각도에서 읽혀졌다.

도는 무위가 근본이므로 선 · 악과는 아무런 관련이 없다.

옮겨 적을 당시엔 선 · 악과는 관련이 없다는 구절에 마음이 갔는데, 2년이 지나 다시 글을 대하니 무위라는 낱말이 핵심어인 게 보였다.

도는 무위가 근본이다. 선 · 악과는 관련이 없다.

이 말 아닌가? 그게 2년이나 지난 어느 날, 그것도 여기 저기 뒤적이다가 눈이 간 그 순간에야 비로소 보였으니…….

무위, 하는 바 없음. 중국에 불교가 처음 도입되던 시기에 니르바나, 열반에 해당하는 중국어가 없어 고심하다 도교의 용어를 차용해 쓴 것이라는 무위.

무위를 사람들은 '행위 하지 않는 것' 또는 '인위적이지 않은 행위' 쯤으로 이해하는 경향이 강하다. 나도 한때 그 정도로 어림짐작해 두고 있었다. 무위는 전혀 그런 의미가 아니다.

석두 스님이 약산 스님에게 물었다.

"그대는 여기서 무엇을 하느냐?"

"아무것도 하질 않습니다."

"그렇다면 한가하게 앉아 있는 거로군."

"한가하게 앉아 있는 것도 하는 겁니다."

석두 스님이 다시 물었다.

"그대는 아무것도 하지 않는다 했는데, 무엇을 안 한다는 건가?"

"모든 성인도 모릅니다."

석두 스님은 이에 게송으로 찬탄하였다.

이제껏 함께 있어도 이름 모르고

임운등등히 서로 함께 그렇게 갈 뿐이네.

예로부터 현인들도 알지 못했거니

경홀한 범부가 어찌 밝히랴.

　무위는 무심의 다른 말이니, 한생각도 나지 않는 경지이다. 한생각
도 일으키지 않는 경지이기에 일천의 성인도 들여다볼 수 없는 곳이
다.

　타심통을 얻었다는 서역의 승려가 혜충 국사의 마음을 찾지 못해
쩔쩔맨 것은 혜충 국사가 한 마음도 일으키지 않아서이며, 일주일 뒤
에 다시 온 저승사자들이 데려 갈 스님을 찾지 못한 것도 스님이 무
위의 상태에 있기 때문이었다.

　중국에서 간화선 수행법이 확립되기 전까지, 선사들이 도에 드는
길로 그토록 강조한 무심, 철저한 무심의 경지이다. 이때의 무심이란
그저 생각을 잠시 쉬고 있는 상태, 생각이 정지된 멍한 상태, 생각이
억눌린 상태가 아니다.

　무심이란 일체의 생각이 멸한 자리, 나지 않는 자리, 자신이 무심하
다는 생각조차 없는 상태이다. 마하리쉬의 표현을 따르자면 마음이
죽어버린 경지이다.

　마음이 죽어버린 경지. 요즘 말하는 식물인간의 상태일까?

　마음이 죽어버린 상태란 대체 어떤 상태일까? 그때 마주치게 되는
현상은 무엇일까? 그 상태가 다름 아닌 도의 상태이다. 명명백백하
게 드러난 본지풍광의 상태이다. 그 상태는 누구도 엿볼 수 없어 모
든 성인도 알 수 없다고 했다.

여기에 이르러선 모든 하늘이 꽃을 바칠 길이 없고 외도가 가만히 엿볼 수가 없습니다. 씻은 듯이 말쑥이 깨끗하니 이것이 바로 본지풍광이며 본래면목입니다. 그야말로 부처님도 볼 수 없어서 아른바 향상의 한 길은 모든 성인도 전하지 못한다 하는 것입니다. 『원오심요』

그러므로 세존은 가섭에게 아무 것도 전하지 않았다. 가섭 또한 뒷사람에게 전한 게 없다. 다만 그 경지에 들어선 이들이 서로 알았을 뿐이다. 아는 그것만이 이어져 내려오고 있을 뿐이다.

옛 부처 나기 전
뚜렷이 둥근 한 물건
석가도 몰랐거늘
가섭이 어찌 전하랴.

낙처는 어디인가?

모든 부처와 모든 조사가 한 법도 사람들에게 준 것이 없고, 다만 본인으로 하여금 스스로 믿고 스스로 긍정하며 스스로 보며 스스로 깨닫게 했을 뿐이다. 『전등록 15권』

도, 무위, 깨달음의 경지, 본지풍광, 자성의 상태는 일체의 생각, 마음이 멸한 자리이다. 생각이 잠시 정지되거나 억눌린 상태가 아닌, 소멸된 상태이다.

그런 상태가 있기나 할까? 그런 경지가 된 사람들은 누구인가? 어떤 모습을 하고 있는가?

그들은 배고프면 밥 먹고 졸리면 잠잔다고 했다. 도란 나무 하고 물 긷는 일, 다시 말해 무심한 경지에서의 일상이라 했으니, 지장 스님은 말했다.

너희들 남방의 불법이 굉장하다고 말들 하지만 말해보라. 내 여
기에서의 밭에 씨 뿌리고 주먹밥 먹는 것만 하겠는가를.

하루 종일 무얼 해도 함이 없는 상태. 무위이며 도이며 깨달음의 상태이다. 한사코 말을 아꼈던 선사들과는 달리 마하리쉬는 설명을 시도한다. 물론 마하리쉬도 최상의 가르침은 침묵임을 늘 강조했으며, 실제로도 침묵으로 사람들을 대한 시간이 많았다고 한다.

마음이 죽어버린 사람들은 찬란한 지고의 상태를 알아버렸으며,
탄생도 죽음도 없는 그 드높은 실체의 상태에 머무르게 될 뿐이
다.

그는 자신이 육신이 아니라는 사실을 알고 있으며, 따라서 비록 그의 육신이 어떤 행위를 한다 하더라도 그 자신은 아무 행위도 하지 않는다는 것을 알고 있다. 그가 돌아다니든 이야기를 하든 무얼 하든 간에 그는 단 하나의 실체 안에서 행위하고 움직이고 말한다. 그에게는 이 유일한 지고의 진리와 분리 되어 있는 것은 아무 것도 없다.

그 길은 모두에게 열려있다. 일체의 시비 분별심을 버리기만 하면 된다. 어찌 이 일을 두고 이익도 아닌 이익에 눈이 어두워 평생 어리석은 짓을 반복만 하고 있을 수 있겠는가.

40 서강의 물을 한 입에 다 마시면

눈뜨고 싶어 안달이 난 방거사가 석두 스님에게 물었다.

"만법과 짝하지 않는 자는 누구입니까?"

하루에도 오만 가지 생각들이 올라오는데 이 생각들로부터 자유로우려면 어찌 해야겠냐는 물음이다.

석두 스님이 '쉿!' 하는 몸짓으로 자신의 한 손가락을 입에 갖다 댔다고도 하고, 손으로 방거사의 입을 막아버렸다고도 한다. 방거사는 얻은 바가 있었다.

그러나 아직 속이 후련하진 못했던지 마조 스님에게 가서 다시 물었다.

"만법과 짝하지 않는 자는 누구입니까?"

마조 스님은 말했다.

"서강의 물을 한 입에 다 마시면 그때 말해 주리라."

방거사가 서강으로 달려가 한 입에 강물을 다 마시려고 용을 쓰다가 배가 터져 죽은 뒤 다음 생에 와서 알았다는 기록도 없고, 방거사 때문에 서강의 물이 몽땅 말라버렸다는 뒷얘기도 없는데 방거사는

'그 일' 을 알아버렸다.

어느 날, 그 일화를 골똘히 생각하고 있던 것도 아닌데 슬그머니 그 얘기가 펼쳐지며 서강의 물을 한 입에 다 마시면 대답해 주겠다고 한 마조 스님의 말뜻이 알아졌다.

이번에도 마조 스님이 말하고자 하는 바, 귀결점만 알아졌을 뿐, '서강의 물을 한 입에 다 마시고 마조 스님의 대답을 들은 자' 는 되지 못했다.

한 스님이 운문 스님에게 물었다.

"한생각도 일으키지 않았을 때도 허물이 있습니까?"

운문 스님이 말했다.

"수미산만큼."

비슷한 시기에, 수미산만큼이라고 한 운문 스님의 낚시 바늘도 보였다.

운문 스님은 말했다.

'사해(四海)에 낚시를 드리움은 사나운 용을 낚기 위함이며, 격외의 현묘한 기틀은 지기를 찾기 위함' 이라고.

나는 아직 사나운 용이 못되는가. 운문 스님의 낚시를 물어 '가슴속의 큰일을 해 마친 이' 가 되지도 못했다. 나는 여전히 켜켜이 쌓인 업의 울안에 갇혀 있는 것이다.

서강의 물을 한 입에 다 마시고 나면 말해주겠다는 마조 스님의 말의 귀결점이 보이고, 수미산만큼이라고 한 운문 스님 말의 낙처가 보이지만, 일대사 해결은 아직도 멀었음을 알면서 내가 '해오'라는 몹쓸 경계에 점점 깊이 빠지는구나 했다. 뜻으로 따져 이해가 된 게 아니고 문득 저절로 알아지곤 하지만 깨달음이 아닌 것만은 분명했다.

그제야 나는 화두가 다 이해가 되고 풀려 의심하고 싶어도 의심이 되지 않는다던 스님의 말이 이해가 되었다. 이런 일들이었나 보구나. 더불어 그 스님이 이해한 것과 내가 이해한 것이 같은지 다른지를 견주어 보고 싶었던 마음도 수그러들었다.

옛사람들은 말했다.

도는 말에 있지 않지만 말을 빌려 나타난다.

사람을 시험하는 급소는 말이 떨어지자마자 알아차려야 한다.
옛사람이 남긴 일언반구는 다름이 아니라 그 급소를 아는가 모르는가를 보려는데 있다.

내가 몇몇 언구를 '이해만 할뿐 꿰뚫지는 못하고' 있구나. 죽기 살기로 물어뜯어 끊어내지 못해서이니 누구를 탓하리오.

서강의 물을 한 입에 다 마시는 경계가 있음을 알았다. '그런 일'이 있음을 안 것만으로도 감사히 여기며 새로이 신발 끈을 매면 될까? 언제까지나 거듭 신발 끈만 졸라매고 있으려 하는가.

문득, 글로 전해지는 옛 스님들의 가르침이 옆에서 말해주는 듯이 생생하게 와 닿다.

이대로가 부처이다. 지금 이 마음이 부처의 마음이다. 실체를 가리는 무언가가 있다고, 드러나지 않은 어떤 게 있으며, 가리워진 저쪽에 무언가 있어 그게 불성일 거라고 생각하지만, 바로 지금의 이 마음 외에 달리 없다.

의문이 일었다. 지금의 이 마음이 그대로 부처의 마음이라면, 왜 이리 작은 일에도 쉬이 동요하는가?

동요하는 건 망념이다. 본성은 흔들림이 없이 여여하다. 망념을 본성과 혼동하지 마라. 동요하는 망념을 나로 알아 내가 동요한다고 생각하지만 동요하는 건 망념일 뿐이다. 망념에 끌려가지 마라.

지금의 이 마음 외에 달리 없음을 깊이 믿고 흔들림 없는 굳건한 경지에 올려놓아라. 그런 뒤, 굳건한 경지에 올려놓은 그것마저 놓아라. 다시 이르노니, 아직 손이 닿지 않는 저 깊은 곳에 무언가가 있으며 그게 불성일 거라고 생각하지 마라. 지금 이 마음이 그대로 부처의 마음이다.

그런 자각이 다시 물밀듯이 왔다. 말하라. 어떻게 해야 서강의 물을 한 입에 다 마실 수 있는지.

41 한생각

나와 같은 해에 수계한 도반 스님에게 직접 들은 이야기가 있다.

평소, 생각을 얼마나 잘 갈무리하고 있어야 하는지를 생생하게 보여주는 예로 내가 보태거나 만든 대목은 없이 들은 그대로이다.

출가한지 적지 않은 세월이 흐르도록 도무지 수행에 진전이 없었다. 몸과 마음을 지나치게 볶아대서인가 상기병에 걸렸다. 음식을 넘길 수가 없었다. 중세가 심해지며 나중에는 물조차 넘기지 못했다. 식도 부위에 무엇이건 닿으면 칼로 찢는 듯한 통증이 왔다.

음식은 고사하고 물조차 제대로 마시지 못하는 육신을 이끌고 정처 없이 길을 떠났다. 강을 따라 걷다가, 죽어버리자고 작정했다. 육신의 병을 고칠 길도 막막하고, 진전 없는 수행에도 진저리를 쳤다. 등에 멘 바랑, 입고 있는 승복 그대로 물로 들어섰다. 구례에서 하동으로 넘어가는 섬진강 자락 어디에서였다.

점점 강 깊은 곳을 향해 발을 내딛어 물이 가슴께쯤 왔을 때, 흐르는 물살에 몸의 중심을 잡기가 쉽지 않더니, 죽기는 싫었는가, 등에 멘 바랑을 벗어버리고 물 가장자리로 기어 나왔다. 몇 권의 책, 옷가지가 든 바랑이었다.

물으로 기어 나와 기진한 몸을 그대로 눕히고 있다가 일어나 걸었다. 젖은 옷 그대로 길을 따라 걷는데 곁에 대형 트럭이 와 서더니 태워주겠다고 했다. 대구로 가는 차라고 했다. 마르지 않은 옷 그대로 운전석 옆에 올라앉았다. 대구 시내엔 들어갈 일이 없었으므로 대구가 가까워지는 어느 들판에서 내려 달랬다. 그리고 또 걷다가 지쳐 쓰러졌다. 자신이 잠이 들었는지, 혼절해 있었는지, 시간이 얼마나 흐른 지도 모르는 중에 인기척이 느껴졌다. 뭐라고 중얼거리는 소리, 자신의 뺨을 두드리는 손길, 눈꺼풀을 밀어 올리는 손짓. 그 남자는 자신을 둘러메더니 차에 실었다.

산 속 어느 빈집에 옮겨진 스님은 그 남자의 치료를 받았다. 나중에 알게 된 일이지만 그는 민간 의학의 꽤 실력자였다. 그가 해주는 약을 먹으며 차츰 건강을 회복해가자 스님을 홀로 남겨두고 가더니 5일에 한 번, 나중에는 일주일에 한 번 정도씩 와서 스님의 상태를 점검하고 지어온 약을 내놓곤 했다. 3개월이 지나 스님은 건강을 완전히 회복했다.

걸어서 남해 보리암에 도착한 스님은 20만 배 기도를 시작했다. 참회와 발원의 기도였다. 수행에 진전이 없고 병을 심하게 하는 게 다 자신의 전생 업장 때문이라는 생각에 업장소멸을 위한 참회와, 수행을 이끌어줄 스승을 만나게 해달라는 발원의 기도였다.

기도를 한창 하는 중에 다리 한쪽이 불편하던 게 없어졌다. 사고 후유증으로 복숭아 뼈 한쪽이 정상이지 못하고, 좌선을 하는데도 불편함과 통증이 따르곤 하더니, 어느 날 한창 절을 하고 있는데 어떤 뜨거운 기운이 그리로 몰리는 듯 하며 확확 달아오르더니 시원해지며 불편함과 통증이 사라졌다.

20만 배 기도를 마치고 다시 걸어서 하동 화개골에 이르렀다. 안개 낀 들녘을 걷는데 저만큼 앞에 지게를 진 농부가 하나 오는 게 보였다. 농부와의 거리가 가까워졌을 때, 불쑥 한마디 물었다.

"어디 도인 없을까요?"

전혀 준비되어 있지 않던 말이었다. 맞은편의 농부가 받았다.

"도인인지 어떤지 모르지만, 저기에 노스님이 하나 있으니 거기라도 가보소."

농부가 가르쳐 준대로 갔다. 다시 동네 아이들을 만나 물으니 두 아이가 집까지 안내해 줬다. 대숲에 둘러싸여 있는 집이 주인은 어디 갔는지 비어 있었다.

빈집에서 하루를 자고 한낮이 되어서야 노스님 한 분이 모습을 드러냈다.

"뉘시오? 이 산골집에."

머리가 하얀, 앞을 못 보는 노스님이었다.

참회와 발원의 20만 배 기도를 마치고 여기까지 오게 됐다는 자기소개에 지내보라는 노스님의 말씀이 있었다. 그렇게 해서 건넌방을 쓰게 되었다.

90이 넘으셨다는 노스님은 앞을 보지 못함에도 곁에서 보기에 움직임이 자연스러웠다. 노스님은 생식을 하고 계셨다. 노스님을 따라 생식을 했다. 그러면서 능엄경을 배웠다. 때론 한낮에, 때론 대숲 위로 달이 좋은 밤에 마루에 마주 앉아 노스님에게 능엄경을 배웠다.

앞을 못 보는 탓에 경이 필요치 않기도 했겠지만, 능엄경이 노스님의 머릿속에 그대로 들어가 있는지, 앞에다 책을 펼쳐 놓고 가르치는 듯 능엄경 한 권이 노스님의 입에서 줄줄 흘러나왔다.

일주일쯤 배우니 능엄경이 끝났다. 그러고 나니 자신이 출가 수행자로 어떻게 살아가야 하는지에 대해 졸가리(골격 또는 뼈대)가 섰다.

떠나는 날 아침, 노스님께 출가 수행자로 살아가면서 가슴에 새기고 있기에 좋을 한 말씀 해주시길 청했다. 노스님께서 말씀하셨다.

"어렸을 때, 동네에 칼을 잘 쓰는 검객이 들어왔다. 어른들이 야단쳐 가까이는 가지 못하고 담벼락에 숨어 검객의 칼솜씨를 구경하면서, 나중에 나도 저렇게 칼을 잘 쓰는 검객이 되고 싶다는 마음이 들었다.

그때의 한생각이 씨앗이 되어 그로부터 일곱 생 뒤, 그대는 검객으로 한 생을 살았다. 한생각이 이런 것이니 평소 마음을 잘 지니도록 하라."

2년쯤 뒤, 화개골 대숲에 싸인 그 집으로 다시 걸음을 놓았다. 노스님은 안 계셨다. 집도 찾을 수 없었다.

42 '나' 대신 뭐라 할까?

가야 할 길이 아직도 멀긴 하지만 '나'는 없다는 자각이 점점 힘을 얻어 가면서 '나'라는 단어를 쓰는 일에 불편함을 느낀다.

전에도 '나'는 없다는 자각이 잠시 뚜렷해지며 '나'라는 호칭부터 쓰지 않아야겠다는 생각을 한 적이 있다. 뭐로 할까? 뭐라고든 해야 하니까. 산승, 소승, 소납, 이 사람, 이 중에 뭐가 제일 괜찮을까?

조실이나 원로급 스님들이 자신을 칭할 때 나, 저라 하지 않고 산승이라 하는 예를 종종 본다. 조실 원로도 아닌 내가 쓰기엔 좀 그렇다.

소승, 무협영화 등에 자주 등장해서인가 장난기가 느껴진다. 소납은 지나치게 한문투 경직된 느낌이고. 이 사람, 상대방에게 거부감을 가장 덜 줄 수 있으며 무난하다는 느낌이지만 상대방이 의아하게 여기긴 마찬가지겠다는 생각이 들었다. 저 스님이 갑자기 무슨 낮도깨비 같은 자기 생각에 빠져 저 모양이냐며 며칠이나 갈지 지켜보자고 수군댈지 모른다.

눈 딱 감고 선승답게 이것 또는 한물건이라고 할까. 그것 참!

이런 저런 궁리 끝에 어느 것도 마땅한 게 없어 결국 생각에 그치고 말았다.

이처럼 생각으로 그치고 말았던 일이 다시 현실적인 문제로 떠오른 것이다. '나'가 없음을 알면서도 여전히 '나'라는 호칭을 버리거나 바꾸지 못하고 있는 건 아직도 나에 매여 있다는 뜻이기도 하다. 이런 것들부터 하나하나 바꿔나가야 공부에 좀 더 진전이 있지 않을까 하는 생각이 들었다.

날마다의 일상에서 '나'가 없음을 적극적으로 실천해가는 거다. 그 제일 먼저 할 일이 '나'라는 호칭부터 버리는 거다.

그러나 여전히 대신 쓸 용어가 마땅치 않다. 그럴싸한 반론까지 고개를 들었다. 이 공부는 토지신도 모르게 하라고 했다. 어느 날 갑자기 자기를 일러 소승, 이 사람 하면 은근히 공부나 된 거 같은 상을 내는 행위로 보일 수 있다. 남에게 거부감을 주는 공부는 바른 공부 태도가 아니다. 남이 알면 제대로 하는 공부 아니다. 일부러라도 감춰야 한다.

그런 따위의 생각들이 오락가락하는 걸 보며 '나가 없음을 아는 정도'가 아직도 형편없는 수준임을 알았다. '나'가 없음을 명명백백히 알았다면 그런 등등을 걱정할 필요가 없다. 치고 나가지 못하는 건 공부 힘이 아직 형편없다는 증거다.

그러나 조금씩 달라지고 있다. 끝내는 해낼 것이다. 아직은 시비 분별하는 이 세계에 갇혀 있지만 다시는 끌려가지 않겠다는 생각이 점점 강해지지 않는가.

무아임을 처음 알았을 때, 또는 이것이 무엇인가? 의 '이것'이 없음을 처음 알았을 때, 안 그것이 금방 다시 깜깜해졌다. 달라진 것도 별로 없고. 그런 체험을 몇 번 하고서도 마찬가지였다.

내가 무엇엔가 홀려 있는가? 꿈꾸고 있는 건 아닐까 하는 생각이 들 때도 있었다. 한 번 얻으면 영원히 얻어 다시는 미혹해지지 않는다는데 나는 왜 수시로 미혹해질까? 나는 왜 여전히 화내고 집착하고 시비 분별하고 있을까?

뒤에 알게 됐지만, 망정이 여전히 활개 치며 나를 끌고 다니기 때문이었다. 여전히 망정이 나로 행세하고, 여전히 망정이 나인 줄 알고. 게다가 내가 얻은 건 얻은 게 아니었다. 그저 잠깐 본 것일 뿐이었다. 그걸 투철히 알아 내외명철해진 상태, 다시는 미혹에 빠지지 않는 경지라도 된 줄 알려 했으니.

'이것'이 없음을 보고도 다시 깜깜해지는 일들을 반복적으로 경험하면서, 잠시 견처가 열렸다가 이 일을 끝까지 해 마치지 못해 다시 매(昧)해졌다는 말들을 비로소 이해할 수 있었다. 전에는 잘 이해되지 않던 일들이었다. 그가 얻은 견처란 어떤 성질의 것들인지? 그는 무엇을 보는지? 그가 보는 세상은 어떤지? 어찌하여 다시 매해질 수 있는 건지? 이제는 그런 궁금증이 사라졌다.

더디지만 나는 조금씩이나마 바뀌고 있다. 망정에 끌려가지 않아야지 하던 때와도 다르다. 내가 적극적으로 망정을 없애는 쪽으로 바뀌고 있다. 이미 생겨난 시비 분별 집착에 끌려가지 않으려고 하던 상태에서 벗어나, 시비 분별 집착이 나지 않도록 하는 쪽에 있다.

가짜에 속아 분별심 내지 마라.
화내지도 미워하지도
욕심내지도 집착하지도 마라.

짜깁기로 내가 만든 경구, 수도 없이 읊조리며 타이르고 다니다 보니 이제 좀 효과를 내는 건가.

왜 '나' 라는 호칭을 안 쓰려 하는가? '나' 가 없음을 점점 뚜렷이 알아가고 있건만 여전히 도처에 '나' 가 도사리고 있어서이다. '나' 가 있기를 바라는 마음은 그토록 뿌리 깊다.

사람들은 왜 '나' 가 있다고 굳게 믿고 있는가? 자기가 존재한다는 믿음(근거)은 어디에서 오는가? 돌부리를 걷어차면 아프다. 아프다는 건 돌도 있고 아픔을 느끼는 나도 있다는 거다. 존재한다는 가장 명백한 증거 아닌가. 마하리쉬를 찾은 유럽 여성 하나도 그렇게 질문하는 걸 읽은 적이 있다.

그러나 그 아픔이란……. 아픔이라는 현상이 있기는 하다. 하지만 아픔에 대한 인식조차도 가짜의 '나' 가 느끼는 인식이다. 아픔을 느끼는 '나' 가 있다지만 아픔을 느끼는 나는 가짜의 '나' 일 뿐이다. 가짜의 '나' 가 느끼는 아픔. 나는 실재하지 않는다.

어느 날의 메모에 이런 게 있다.

'세상 속에 내가 있는 게 아니라 세상이 내게서 나옴을 알다. 이것이 무엇인가? 에서 '이것' 이란 없다. 단지 끊임없이 일어났다 사라지는 생각들만 있으며, 그 생각들이 나로 행세할 뿐이다. 그게 또 보이다. 얼마만인가. 여기까지 다시 오게 된 게.'

매일 매일 가까워져서 바탕이 은밀해지면, 거기서 다시 오래도록 몸에 지녔던 것을 결판내야 한다. 『원오심요』

지쳐 주저앉지 말자고, 불세출의 훤칠한 조사들도 이렇게 매일 매일 조금씩 가까워지다가 때가 무르익자 터진 것이니 조급해 하지 말자고, 결코 포기하지 말라고 타이른다.

'가다 못 이루고 죽어도 좋으니 가는 거다' 이런 생각이 들면 할 만하다가도 '여태 이 모양이면서 깨닫겠다는 생각만 커가지고' 하는 생각이 들면 또 다시 힘이 빠지고 자신이 없어지고.

이런 일들이 반복되길 얼마나 했는가. 얼마나 많은 세월을 그렇게 보냈는가.

43 환인 줄 알면 곧 여의게 되나니

환인 줄 알면 곧 여의게 되나니 방편을 지을 것도 없고
환을 여의면 곧 깨달음이니 또한 점차가 없느니라.

원각경에 나오는 말로 '나'를 포함해서 우리 앞에 펼쳐져 있는 세
계가 환임을 알면 곧 놓게 되며, 놓는 순간 바로 깨달음이니 단계를
거치지 않는다는 말이다. 문제는 어떻게 해야 환인 줄 알 수 있는가
이다.

자기 본성의 진정한 반야를 일으켜 관조하면 찰나에 망념이 모
두 없어진다.
그리하여 자기 본성을 알면 한 번 깨쳐 그대로 부처 지위에 도달
한다.

6조단경에 나오는 말로 역시 망념, 환을 없애고 본성을 보는 순간
그대로 부처의 지위에 들어선다는 내용이다. 그러기 위한 조건으로
자기 본성의 진정한 반야를 일으켜 그 반야, 지혜로 볼 것을 요구한

다. 여기서도 문제는 어떻게 해야 물들지 않은 자기 본성의 지혜를 일으켜낼 수 있는가이다.

찰나는 84분의 1초라고 한다. 천 분의 일초인 나노초가 나오고 과학계나 정밀분야에선 실제로 쓰이는 시간 단위이라니 1/84초가 무어 대단하랴만 지극히 짧은 순간인 건 사실이다.

그 짧은 순간에 없어질 수 있는 것들이란 무얼까? 핵폭탄의 위력이 가공할 정도라지만 그 짧은 순간에 모든 걸 없애진 못한다. 더욱이 그건 없애는 게 아니라 파괴이며 참혹한 잔해를 남긴다.

누군가 자기 생각에 깊이 빠져 있을 때, 곁에서 누가 건드리거나 불러 자기의 깊은 생각(상념)에서 깨어나면, 생각 속의 세계는 그 순간 없어진다. 잠시 현실을 잊고 상상 속에서 누구와 만나 이렇게 말하고 저렇게 행동하며 좋아하고 슬퍼했지만 상상의 세계에서 깨어나는 순간 모두 사라진다.

이처럼 84분의 1초라는 짧은 순간에 흔적조차 남기지 않고 없어질 수 있는 건 우리가 지어냈던 생각뿐이다. 아무리 많아도 한 찰나에 소멸이 가능하다.

그토록 떨쳐버리기 어렵게 느껴지던 망념들이 이런 것임을 알았을 때, 망념을 없앨 수 있겠다는 생각이 들었다. 그래서 그 글을 더욱 열심히 외우고 다녔다.

다 아는 바와 같이 6조단경은 여러 본이 있다. 시기적으로 가장 앞서고, 일천여 년간 동굴 속에 비장되어 있어온 탓에 후대의 첨삭이

없을 것으로 보인다는 돈황본단경에는 위의 글이 없다. 그러므로 6
조스님의 말이라기보다는 후대 누군가의 말일 수도 있다.

그러나 그런 건 문제가 아니라고 본다. 핵심은 인류사에서 인간의
그런 경지를 개척해 글로 남긴 이가 있다는 사실 이것이다.

마하리쉬도 우리가 실재한다고 믿고 있는 이 세계를, 꿈속의 세계
가 실재하지 않듯이, 깨달은 이의 견지에서 보면 실재하지 않는다고
못 박아 말한다. 꿈속의 세계는 꿈꾸고 있는 동안만 실재감이 있다.
꿈을 깨고 나면 그 세계는 환이었음을 누구나 안다. 그렇듯이 지금
이 세계는 깨닫고 보면 환임을 안다고 한다.

꿈에서 갈증을 느껴 물을 마시고 갈증을 해소할 때, 갈증을 느낀 일
도 환이며 물을 마시는 행위도 환, 갈증을 해소한 일도 환으로서의
일이다. 깨고 보면 갈증을 느낀 적도 물을 마신 적도 갈증이 해소된
일도 없다. 그 모두가 환이라는 것이다. 우리가 망념에 속아 살면서
고통, 슬픔, 기쁨에 괴로워도 하고 기뻐도 한다지만 고통, 슬픔도 환
으로서의 고통, 슬픔이라는 말이다.

그렇듯이 눈앞에 펼쳐진 이 세계가 모두 환이라는 말인데, 그 환을
만들어내는 것은 마음이라고 한다. 그러므로 그 마음을 없애면 환
또한 사라지고 실체가 드러난다는 것이다.

그러면 마음은 어떻게 없앨 수 있는가? 실제로 마하리쉬의 그런 가
르침을 듣는 많은 이들이 물었다. 어떻게 해야 마음을 없앨 수 있느
냐고. 마하리쉬의 대답은 간단명료하다.

마음을 찾아보십시오. 찾아보면 그것은 사라질 것입니다.

마음을 제어하는 가장 확실한 방법은 그것을 찾아보는 것이다.
그러면 마음이 활동을 그친다. 마음이란 존재하지 않는다.

마하리쉬가 말하는 마음이란 에고이며 가짜이다. 그 에고, 가짜를
없애는 방법 또한 다르지 않다.

에고는 어떻게 소멸할 수 있습니까?
에고를 찾아보십시오. 그러면 그것이 존재하지 않는다는 것을
발견할 것입니다. 그것이 에고를 소멸하는 방법입니다.

그러나 단순명쾌한 말만큼 마음을 찾는 일이 쉽지는 않다. 그래서
사람들은 다시 그 구체적인 방법을 묻는다.

마음을 어떻게 찾습니까?
내면으로 뛰어 드십시오. 그대는 지금 마음이 내면에서 일어난
다는 것을 압니다. 그러니 내면으로 가라앉아서 찾아보십시오.
그것을 어떻게 해야 하는지 아직 잘 모르겠습니다.
'나' 라는 생각을 기억하면서 그 근원을 찾아보십시오.

모든 것의 뿌리인 '나'를 추적하여 그대 자신에게 '나는 누구인
가?' 하고 물으라.

'나'의 근원을 찾으라. 그러면 모든 것이 사라지고 순수한 진아
만이 남는다.

그러나 먼 곳에서 마하리쉬를 찾아와 기껏 며칠 머물다 가는 그들
이 마하리쉬가 요구하는 만큼의 집중력을 발휘해 '나'를 붙잡고 있
지는 못한다. 그럴 수밖에 없는 일이다.

모든 생각과 행동의 주체인 이 "'나'는 누구인가?" 하고 의심해 가
는 방법은 화두선 수행법과 다를 바 없는데, 화두선 수행의 핵심인
의심이 안 되어 몇 년씩 애를 먹는 건 출가 수행자에게도 비일비재한
일이다.

달마 조사가 중국 땅에 전한 심법은 직지인심 견성성불, 사람의 마
음을 바로 가리켜 성품을 보아 부처가 되게 하는 길이었다. 또한 외
식제연 내심부단, 밖으로 모든 인연을 쉬고 안으로 급히 흐르는 여울
물 같은 마음의 요동이 멈춰야 도에 들 수 있다는 가르침이었다. 그
것이 무심이며, 무심해지는 방법은 일체의 시비 분별심을 내지 않는
것이다.

그러나 마음이란 모양도 형체도 없건만 잠시도 가만히 있지를 않
는다. 밖으로 내닫는 마음을 잡아 두려 할수록 마음은 더욱 요동한
다.

오조법연, 원오극근, 대혜종고의 3대에 걸쳐 이루어졌다는 간화선은 마음에 한생각도 나지 않도록 하고, 한생각도 나지 않는 그 상태를 유지하려고 애쓰던 기존의 수행법 대신, 옛 조사들의 특정 언구를 강하게 의심하는 의도적인 집중이다. 그 의도적이며 적극적인 집중, 의심은 그 외의 다른 모든 생각이 저절로 소멸되게 할 만큼 하나의 대상에 대한 강력한 집중의 효과를 나타낸다. 무심해지기 위해 한결같이 버리고 비우는 대신 극한에 이르는 강력한 집중, 의심으로 깨달음에 눈뜨게 하는 수행법인 것이다.

무심해지려는 노력이나 화두의심 둘 다 사람의 마음을 바로 가리켜 성품을 보게 하는 것은 아니다. 직지인심 견성성불의 가장 모범적이며 이상적인 형태는 한마디 말, 하나의 몸짓에 바로 깨닫는 것이다. 그런 일이 일어난다면 얼마나 통쾌할까.

스님들 틈에 앉아 차를 마시며 이야기를 듣는다. 저런 의식을 가지고 살고 있구나. 이렇게 명백한데, 생각만 바꾸면 되는데. 그러면서 나를 본다. 내가 아직 버리지 못하는 것들, 바꾸지 못하는 것들. 저것과 똑같으리라.

자기를 가두고 있는 생각에서 벗어나기만 하면 된다. 그게 깨달음이다. 이렇게도 명백한 걸 못 보고 아직도 저런 소리를 하며 살고 있다니. 눈뜬 장님이 따로 없다는 생각.

나는 어떤가? 나는 여기서 어떻게 벗어날 것인가?

44 와하하!

"와하하!"

마하리쉬의 가르침을 묶은 책인 '마하리쉬와의 대담'을 보다가 웃음이 터져 나왔다.

방문자의 한 사람이 이런 질문을 했다.

"성인들이 다른 사람들을 도와주기 위해서는 그들과 섞여 사는 것이 더 좋지 않을까요?"

이에 대한 마하리쉬의 대답에 나도 모르게 웃음이 터진 것이다.

"섞여 살 다른 사람들이 전혀 없습니다. 진아가 유일한 실체입니다."

마하리쉬 앞에 선 사람은 얼마나 황당했을까. 지금 이렇게 질문하는 자기가 있고 다른 많은 사람들이 있는데 섞여 살 다른 사람들이 전혀 없다고 하니. 질문을 한 사람은 '티벳 사자의 서'를 영역한 옥스퍼드대 교수 에번스 웬츠이다.

마하리쉬는 어떤 경지에 들어 있기에 그런 말을 할까?

진아가 에고(보는 자)를 만들어내고, 이 에고가 생각을 일으키면, 그것이 이 세상과 그대가 지금 묻는 나무나 풀 등(보이는 대상)으로 나타나는 것입니다. 실제론 이것들이 모두 진아일 뿐입니다. 만약 그대가 진아를 보게 되면, 그대는 언제 어디서나 모든 것이 진아임을 발견할 것입니다. 오직 진아만이 존재하는 것입니다.

삼세의 모든 부처님을 알고자 한다면
일체가 마음의 산물인 법계의 성품을 관하라.

삼계의 모든 것이 마음의 창조물이라는 화엄경 사구게와 같은 내용이다.

실재하는 것은 오직 진아뿐이라는 마하리쉬의 확고한 입장은 여러 곳에서 반복적으로 보인다. 하나의 예를 더 들어보면, 방문자가 물었다.

"다른 사람이 문제나 고민을 안고 있을 때, 어떻게 그를 도와줄 수 있습니까?"

"다른 사람이라니. 이 무슨 말입니까? 단 하나만이 존재합니다. 나도, 너도, 그도 없고, 모든 것이 그것인 단 하나의 자기(진아)만이 존재한다는 것을 깨닫도록 노력하십시오. 만약 그대가 다른 사람의 문제라는 것이 있다고 믿는다면, 그대는 자기(진아)의 밖에 뭔가가 있다고

믿는 것입니다. 그대의 외부적인 행위로서보다, 일체가 하나임을 깨
달음으로써 남을 가장 잘 도와줄 수 있습니다."

원오심요에는 같은 내용의 이런 글이 있다.

밖으로 반연을 끊고 안으로 자기라는 견해를 잊을 수 있으면, 외
물이 그대로 나이며 내가 그대로 외물이다. 사물과 내가 하나여
서 탁 트여 경계가 없어지면…….

벽암록에는 또 이런 글이 있다.

그대들이 밖으로 산하대지가 있다고 생각하거나, 위로는 우리가
도달해야 할 부처님의 경지가 있다고 생각하거나, 아래로는 제
도해야 할 중생이 있다고 생각한다면, 그런 생각일랑 모두 토해
버려라.

세상이 모두 내 안에 있는 것임을 잘 보여주는 선문답이 하나 있
다.

한 선사가 이 공부를 위해 행각 중이라는 스님에게 마당가의 돌덩
이 하나를 가리키며 물었다.

"모든 것이 다 내 마음 안에 있다고 하는데, 저 돌이 그대의 마음
안에 있는가? 마음 밖에 있는가?"

"물론 제 마음 안에 있지요."

선사가 다시 물었다.

"그 무거운 돌을 담아두고 어떻게 행각을 다니는가?"

행각승은 대답하지 못했다. 말에 속아 말을 따르는 대꾸만 한 번 하고 만 것이다.

깨달았다고 할 때, 부처는 어디 있느냐는 배휴의 질문에 황벽 스님은 이렇게 대답한다.

모든 소리와 빛깔이 모두 부처님 일 아닌 것이 없거늘 어느 곳에서 부처를 찾겠느냐?

머리 위에 머리를 얹지 말며, 부리 위에 부리를 더하지 말라. 그저 다른 견해만 내지 않으면 산은 산, 물은 물이니……. 산하대지와 일월성신이 모두 너의 마음을 벗어나지 않으며, 삼천대천 세계가 모두 너의 본래면목이다.

수행을 통해 돌덩이 하나뿐 아니라 산하대지 일월성신이 다 자기 안에 있는 것임에 눈뜬 이였다면, 그 무거운 돌덩일 마음에 담아두고 어떻게 행각을 다니느냐는 두 번째 질문에 대답을 못하진 않았을 것이다.

불립문자 교외별전의 정신이 강하게 살아 있어서인가 선은 설명을 금기로 한다. 말해주지 않는 게 최고의 가르침, 부모보다 더 깊은 은

헤이기조차 하다. 질문도 격외도리에 걸맞은 수준의 것이 아니면 물을 생각을 못하는 경우도 많다.

그에 비해 마하리쉬와 방문자들 간에는 엄숙함보다는 자유롭고 격의 없는 분위기가 형성되어 있어서인가 궁금한 것들에 대한 솔직한 질문들이 많다. 예컨대 '진인은 벌레에 물려도 가렵지 않습니까?' 따위.

어떤 이는 마하리쉬의 설명이 도저히 이해가 안 되는지 이렇게 묻는다.

"참 나가 지금 여기 항상 있다는데, 왜 저는 그렇게 느끼지 못합니까?"

마하리쉬는 격외의 언구를 말하거나 할 방망이질을 하지 않고 질문자의 수준에 맞춰 대답한다.

"바로 그겁니다. 그런데 느끼지 못한다고 말하는 자는 누구입니까? 참 나입니까? 거짓 나입니까? 잘 살펴보십시오. 그것이 그릇된 나라는 것을 알게 될 것입니다. 그 그릇된 나가 장애물입니다. 나는 깨닫지 못했다는 느낌이 깨달음에 대한 장애물입니다. 사실은 이미 깨달아져 있으며 더 이상 깨달을 것이 아무 것도 없습니다."

물론 마하리쉬도 말한다.

그들은 진리를 설명해줄 언어를 필요로 합니다. 그러나 진리는 언어를 넘어서 있습니다. 그것은 설명을 용납하지 않습니다. (언어로써) 할 수 있는 일이란 그것을 가리켜 보이는 것이 전부입니다.

그럼에도 각양각색의 방문자들의 질문에 시종일관 침묵의 가르침만으로 대할 수는 없었던 마하리쉬의 설명들 덕에 우리는 진리의 한 끝자락이나마 엿볼 수 있다.

선문(禪門)이라고 그런 솔직한 질문과 대답들이 없는 건 아니다. 갓 출가한 한 어린 사미가 반야심경에 눈, 귀, 코, 혀 등이 없다는 구절을 대하고 물었다.

"눈, 귀, 코 등이 이렇게 있는데 왜 없다고 합니까?"

질문을 받은 스님은 자기의 공부 정도로는 대답할 수 없는 일임을 솔직히 인정하고 그 사미를 다른 스님에게 추천했다지 않은가.

마하리쉬는 시종 사람들에게 강조했다. 육체를 자기로 그릇되게 알지 말라고.

육체가 '나'가 아니라면 '나'는 어디 있으며 무엇일까? 그 대답으로 나는 경허 스님의 일화 한 토막이 바로 떠오른다.

하루는 시골길을 걷던 경허 스님이 마주오던 아이들에게 묻는다.

"니들 내가 보이느냐?"

"예. 보입니더."

"그렇다면 말이다. 내가 이걸 줄 테니 이걸로 나를 때려봐라."

그러면서 경허 스님은 지니고 다니던 지팡이를 한 아이의 손에 쥐어준다. 아이들이 차마 지팡이를 휘둘러 사람을 칠 생각을 못하자 경허 스님이 말한다.

"너희들이 나를 때리기만 한다면 맛난 것 사먹을 수 있도록 내가 돈을 주겠다. 어서 때려보아라."

쭈뼛거리던 아이가 다가와 경허 스님을 지팡이로 쳤다.

경허 스님이 말했다.

"왜 나를 때리지 않니? 나를 때려야지."

아이가 다시 경허 스님을 때리고 거듭 맞지 않았다는 경허 스님의 말에, 아이가 때렸는데도 돈을 주기 싫으니까 맞지 않았다는 말을 하는 거라고 한다.

경허 스님은 아이에게 돈을 쥐어주고 읊조린다.

온 세상이 흐릿한데 나 혼자 깨어 있나니
차라리 남은 생애를 숲속에 들어가
혼자 지내느니만 못하다.

경허 스님은 왜 맞지 않았다고 말했을까? 마하리쉬가 말하는 육체는 나가 아님을 아는 '그 사람' 이어서가 아니겠는가.

45 백척간두 진일보

백척간두진일보.

백척이나 되는 장대 끝에 섰을지라도 한 발 더 나아가라는 글이다. 사뭇 비장함이 감돈다. 백척이나 되는 장대 끝에 올라서서 한 발을 내딛는다면 그대로 곤두박질쳐 목숨이 다할지도 모른다. 그럼에도 한 발 내딛어 나아가라는 건 목숨을 돌보지 말고 깨달음을 위해 온몸을 던지라는 주문인 걸까? 그래야 깨달음을 얻을 수 있다는.

나는 한때 위의 글을 그런 식으로 이해했다. 고된 수행을 통해 더이상 오르거나 나아갈 수 없는 높은 곳에 이른 뒤 한 발 더 내딛는 거라는 그런 공간 개념을 가지고 글을 대했던 것이다.

지금은 달리 이해한다. 일체의 것들에 대해 무심의 상태가 되었다 할지라도 무심하다는 생각조차도 하지 말라는 그런 가르침으로 이해한다. 달리 말하면 일체의 집착을 버리고 집착하지 않는다는 생각까지도 하지 말라는 가르침으로 이해한다는 것이다.

수행을 함에 있어 무엇에 대한 집착이 가장 큰 병이려냐? 수행한다는 생각, 옳다는 생각, 진리 깨달음에 대한 집착, 자신이 어떤 경지에 들어섰다고 할 때 자신이 얻은 경지에 대한 집착 등이 가장 경계해야 할 집착 아닐까. 선사어록에는 실제로 그런 걸 경계하는 가르침들이 수도 없이 많다.

자신이 무심하다는 그것도 털끝만큼이라도 남겨두지 말아야 하며, 설사 조금 있다 해도 잘라서 세 동강을 만들어버려야 한다.

설사 견처가 부처님과 같다 해도 그들은 오히려 부처님의 경지라는 장애를 갖고 있는 것이다.

부처나 조사에 집착했던 병이 모두 치유되고 해탈의 깊은 구덩이에서 벗어나 함이 없고 하릴없는 쾌활한 도인이 되리라.

만일 불법이라고 부른다면 벌써 독약에 중독된 것이다.

끝까지 이르러서는 그것마저도 세우지 않는 이것이야말로 공부한 곳이다.

성인의 도를 널리 펴고 모든 사람을 제도하되 사람을 제도했다느니 도를 얻었다느니 하는 자취가 없어야 비로소 향상인의 행리처에 초연히 나아갔다 하겠습니다.

털끝에서 찰해(刹海)를 나타내고 겨자씨 속에 수미산을 받아들여, 향상의 기틀을 일으키고 불조의 법령을 드날립니다. 여기에 와서야말로 참으로 힘을 들일 곳이니, 과거와 지금의 현묘한 이성과 기묘한 언구, 하늘을 찌르는 책략에 이르기까지 모두 떨어버려야만 비로소 저쪽의 뜻을 체득합니다.

가는 털끝만큼도 공부한다는 마음을 일으키지 않아서.

무엇이 심(心)해탈이며 일체처 해탈입니까?
불법승을 구하지 않고 복과 지혜도 구하지 않으며
더럽다거나 깨끗하다는 망정이 다하고
구함이 없는 이것을 옳게 여겨 붙들지도 않으며
다한 그곳에 머물지도 않으며
천당을 좋아하고 지옥을 두려워하지 않아서
속박과 해탈에 걸림 없으면
그것으로 몸과 마음, 그 어디에 대해서나 해탈했다 하는 것이다.

사람들이 조사가 서쪽에서 온 뜻이 무엇이냐고 물으면 위산 스님이 불자를 세운다는 말을 전해들은 왕상시가 인편으로 위산 스님에게 편지를 드렸다. 위산 스님이 받아 열어보니 일원상(一圓相)을 그리고 그 가운데 날일(日)자가 쓰여 있었다. 위산 스님이 크게 웃으며 말했다.

"뉘라서 알았으랴. 나를 천리 밖에서 아는 지음이 있을 줄을."

앙산 스님이 말했다.

"그래도 아직은 아닙니다."

"그렇다면 그대는 어떻게 하겠는가?"

앙산 스님은 땅 위에 일원상을 그리고 일자를 쓰더니 발로 지워 없애고 가버렸다.

일체의 마음을 없애고 없앴다는 거기에도 매이지 말아야 한다. 살아 있는 사람으로서 일체의 마음이 없는 상태가 가능할까? 마하리쉬의 표현으로 하자면 마음이 죽어버린 경지인데. 살아 있는 사람이 아니겠다는 생각을 할 수 있겠지만 그 경지가 바로 우리들 본래의 경지, 본지풍광의 자리이다. 그곳에 들어선 이들이 부르는 자유의 노래를 들어보자.

부처님께서 일체 법을 말씀하신 것은 일체의 마음을 없애기 위함이로다.
나에게 일체의 마음이 없으니 일체 법이 무슨 소용이 있겠는가.

원오 스님의 글에 '견해를 세우지도 않으며 기틀을 남겨두지도 않아 바람이 불면 풀이 쓰러지듯 도도(滔滔)해야 한다.' 는 게 있다.

이 글을 대한 처음 한동안, 앞의 구절에는 눈이 가지도 않고 바람이 불면 풀이 쓰러지듯 도도해야 한다는 구절에만 눈이 가, 바람에 풀 쓰러지듯 하는 게 뭐 도도하다는 걸까? 그런 의구심이 들었다.

도도하다는 말은 무언가 자존심이 강하고, 콧대 높은 젊은 여자의 행동거지를 두고 하는 말이 아닐까. 다른 쓰임새를 보면 도도하게 흐르는 강물, 이런 표현이 있기도 하지만. 자전을 찾아보니 물 넘칠 도. 물이 넘치다, 넓다, 크다, 차다, 그득하다의 뜻이 있다.

나중에서야 앞에 구절에도 눈이 가 문장 전체가 하나로 연결되면서 한생각도 갖지 않아 바람에 풀 넘어지듯, 닿는 것에 마다 자기를 세우지 말라는 본뜻을 이해하게 되었다. 원오 스님이 볼 때 그게 도도한 거다.

이 모든 가르침들이 결국은 머무르는 바 없이 마음을 내라는 응무소주 이생기심이다. 노행자가 오조 홍인 스님의 금강경 강의를 듣다가 깨달았다는 유명한 문구. 또한 이것이 향상의 한 소식이다.

그러므로 마음에 일체의 것들을 떨쳐내고 떨쳐냈다는 생각도 없는 상태, 백척간두진일보, 응무소주이생기심, 향상의 일구, 이 말들이 모두 하나이다. 억지 주장일까?

나는 아직 무심해지지 못했으니 무심에서 한 발 더 나아가는 백척간두진일보는 그때 할 일이고, 지금 내가 할 일은 뭘까? 응당 온몸으로 깨달음을 구하되 수행한다는 생각, 도 닦는다는 생각 내지 않을 일이다. 얼마나 통렬한 경책인가. 불법이라고 부르는 순간 벌써 독약에 중독된 것이라는 말.

하물며 바람에 날리는 흙먼지처럼 보고, 꿈과 허깨비와 헛꽃으로 여기라는 부질없는 명예와 이익에 집착해서야. 원망하는 마음, 화내는 마음 따위를 놓지 못하고 있어서야.

과거의 마음도 현재의 마음도 미래의 마음도 없다는데 어느 마음으로 점심을 드시렵니까? 기세등등해 있던 덕산 스님을 한 번에 제압해 버린 떡장수 노파의 말. 마음이란 없다. 배고프면 먹고 졸리면 잘뿐이다.

배고프면 먹고 졸리면 잔다는 도인들의 경지가 일체의 시비 분별을 떠난 경지임을 알다. 좋아하지도 싫어하지도 쫓아가지도 물리치지도 않고 인연 따라 응하는 상태. 텅 비어 마음에 아무 것도 없는 상태에서의 일상. 그걸 말하는구나. 귀에 딱지가 앉도록 듣던 그 말을 이제야 조금 알다니.

46 무아가 다시 자각되었다

무아가 다시 자각되었다. 지금까지 내가 경험한 무아에 대한 자각 중 가장 강했다. 그런 자각은 늘 그렇듯이 예기치 않은 순간에 온다. 그날도 위빠사나 수행을 다룬 책에서 옮겨 적은 글들을 읽던 중 마지막 대목에서 그런 강한 자각이 온 것이다.

> 일어나고 꺼지는 것이 나이며 걷는 것이 나이며 내가 듣고 내가 먹고 내가 무엇을 하고 있다고 알고 있지만, 수행을 통해 그런 나는 없고 단지 물질과 마음만이 있다는 것을 알게 된다.

무아는 출가 수행자들 간에도 상당한 혼란을 야기시키는 사항이다. 이야기를 해보면 대개의 경우 이론적으로는 무아를 받아들이고 있지만 실제적인 체험이 없는 상태여서 그 이상의 진전은 없다.

만일 무아라면, 불교는 또한 윤회를 말하는데 윤회의 주체는 누구인가? 하는 의문에 부딪치게 된다. 불교 승려인 나가세나와 B.C 2세기경 북인도에 들어선 희랍인의 국가 박트리아의 메난드로스왕과의 대담에도 그런 대목이 나온다. 나가세나는 촛불의 비유를 들어 하나의 촛불로 다른 초에 불을 붙이고, 다시 그 촛불로 다른 초에 불을 붙이고 이렇게 계속 이어갈 때, 처음 촛불과 나중의 촛불이 같은가 다른가를 묻는다.

같지도 다르지도 않다는 미린다왕의 대답에 무아와 윤회의 주체 문제도 그와 같다고 나가세나는 말하지만 그것으로 의문이 해소되는 이가 얼마나 될지 모르겠다.

스스로 체험하기 전에는 거의 이해 불가능한 게 무아 아닐까 하는 게 내 생각이다. 아무리 많은 이론과 설명이 있어도 소용없다.

처음 무아를 인식했을 때 놀라웠다. 그러나 실생활에서 무아는 작동하지 않았다. 여전히 나는 시비 분별하고 다투고 욕심내고 섭섭했다. 그리고 나면 자책하고, 보고도 왜 이러느냐며 답답해하고, 한숨 짓고 그러다가 무아를 또 한 번 인식하고, 그러고도 별로 달라지지 못하고. 그런 일들이 여러 차례 반복됐다.

그런데 그날은 강한 자각이 든 것이다. 그래 이제 다시는 내가 있다는 생각에 화내거나 미워하거나 욕심내거나 원망하지 말자. 내 기준, 내 생각, 내 바람이 무시되거나 충족되지 않기에 화내고 미워하고 욕심내고 원망하는 건데, 내가 없는 마당에 내 기준, 내 생각 따위가 어디 있으랴. 시비 분별 이제는 뿌리 뽑자. 그런 자신감이 강하게 들었다.

그러기 위해선 깨어 있어야 한다. 어떤 생각, 감정이 일어나면, 지금 일고 있는 이 생각, 감정이 허깨비임을 알아 거기에 끌려가지 않아야 한다. 그런 훈련이 오래 되면 분별심, 망정 자체가 일지 않는 무심의 경지에 들어서는 것이리라.

역사상 언하대오했다고 전해지는 수많은 선사들. 그들도 언하대오 뒤 3년, 5년 심지어 10년 가까이 스승을 떠나지 않은 경우가 적지 않다. 그토록 휘출한 이들조차 깨닫기 전에도 깨달은 뒤로도 오랜 기간을 필요로 했는데 하지하(下之下) 근기인 내가 시작 단계에서 몇 번 해보고 안 된다고 포기할 일은 아니다. 백 번 천 번을 단련해 순금을 만들어내듯 하라고 하지 않던가. 아직은 끌려가지만 기필코 해낼 일이다.

이번의 자각을 하며 얻은 또 하나의 소득은 화두선 확립 이전의 중국선, 남방의 전통 수행법인 위빠사나, 마하리쉬의 수행법이 공통적으로 지금의 모든 것을 이끌고 있는 이 '나'는 가짜이며, 실재하지 않는 가공의 것임을 가장 중요하면서도 기본이 되는 사항으로 강조하고 있음을 안 것이다.

이것은 무얼 의미하는가? 수행 방법이야 다를 수 있지만, 수행을 통해 우리가 그토록 놓지 못하는 이 '나'가 가짜이며 허구임이 너무도 분명한 도저히 부정할 수 없는 객관적 사실로 드러난다는 것이다. 그럼에도 우리 대부분은 실생활에서 이 가짜 '나'로부터 자유롭지 못하다. 이 가짜의 내가 시키는 대로 욕심내고, 심술궂고, 화내고 다투고, 미워한다. 이 '나'가 가짜라는 자각조차 없다.

이 '나'가 가짜임을 아는 것. 이것이 진리의 세계에 들어가느냐 그렇지 못하느냐를 가르는 가장 중요한 분수령이라고 나는 생각한다.

마하리쉬와 선사들의 말이 모든 면에서 일치하지는 않는다. 부족한 내 눈으로 봐도 다른 점들이 눈에 띈다. 그 대표적인 예의 하나가 마하리쉬가 시종 강조하는 '진아(眞我)'라는 용어이다. 불교나 선사들에게는 없는 낱말이다. 오히려 극력 피하는 단어이다. 용어가 야기시키는 오해와 혼란인지 아니면 근본적인 차이인지 나로선 아직 알 수 없다.

간화선 수행 과정에서 '나'란 허구임을 밝히는 문제는 중요하지 않다. 화두가 일여해 이 몸뚱이가 있는지 조차도 의식되지 않는 때가 있다지만 그 순간에도 '나'가 있는지 없는지는 중요하지 않다. 그것은 화두를 타파하고 나면 자연히 명백해지는 사항일 뿐이다. 간화선 수행은 오직 하나만을 요구한다. 어떠한 일이 있어도 화두 의심을 놓치지 않는 것.

어느 스님의 방에 차 한 잔 마시러 갔다가 보고 좋아서 복사해 내 방에도 붙여놓은 글이 있다.

공부의 비법은 딴 것이 아니라 어떤 상황에서든 설사 누군가 머리를 베이고 심장과 간을 오려내어 목숨이 끊어지게 될지라도 결코 화두를 놓치지 말라는 것이다. 이렇게 애쓰고 애쓰다 보면 잠이 깊이 들었을 때도 화두가 이어지는 때가 오는데 이 경지를 지나면 깨친다. 그 누구를 막론하고 3~4년 안에 내외명철이 되어 크게 깨친다.

'호오(好惡)경계를 환으로 보는 무쇠로 만든 바보' 같이 일체만사를 잊고 오직 조사의 공안을 밤낮으로 참구하여 게을리 하지 않으면 숙면일여의 경지에서 활짝 깨어 진여본성을 철견 하리니 어찌 기쁘지 않으리오.

무아라면 윤회의 주체는 누구인가? 하는 의문에 부딪치게 된다는 얘길 잠시 했다.

나는 앞에서 마하리쉬의 뛰어난 제자 중의 하나가 자기의 전생을 보는 중에 지금의 아내가 과거의 어느 전생, 자신이 수행자로 살던 때, 그 수도원의 하녀였음을 알게 되는 예, 검객의 칼솜씨를 숨어 보면서 저렇게 되고 싶다는 어릴 때의 한생각이 원인이 되어 일곱 생 뒤 검객으로 한 생을 산 예 등 두 개의 전생 이야기를 했다.

그것이야말로 윤회의 주체가 있음을, 연속되는 실체가 있음을 생생하게 보여주는 증거라고 생각할지 모른다.

그렇지 않다. 과거의 망정(그녀와 부부가 되어 살고 싶다는, 훗날 검객이 되고 싶다는)에 '나'가 없듯이, 그 뒤의 부부로서의 한 생, 검객으로의 한 생에도 '나'는 없다. 새로운 망정과 몸뚱이가 있을 뿐이다.

그러나 생사, 망정에 초연한 한물건이 있으니, 이 한물건을 '나'라 하지 말라. 수도 없이 거듭되는 얘기지만 '나'라는 생각은 망정이

다. 이 한물건이 있음을 알지 못하고 망정에 속아 살면 가짜의 생, 미
망과 고통 속의 삶만 거듭될 뿐이다.

　닦지 마라, 구하지 마라.
　본래의 성품 아닌 적 있더냐.
　분별 망념이 가리고 있으니
　그것만 놓으면 그대로 명백하다.
　이제야 아네.
　우주가 다 내 집안 일임을

　아마도 잠시 자신감에 차 있던 때의 글인 듯하다. 무얼 봤길래 우
주가 다 내 집안일임을 알았다고 했을까? 웃음이 나온다. 만용이 너
무 지나쳤구나. 광활한 우주를 내가 어찌 다 봤으랴. 우주보다 큰 눈
으로 우주를 내려다봐서가 아니라, 하나를 알면 일체를 안다. 아마도
그 '하나'를 잠시 인식했었던 듯.

47 도반에게서 온 전화

밤늦은 시각에 오랜 도반에게서 전화가 왔다.

얼굴을 본 지가 5년은 넘었을 도반이다. 그처럼 본 지가 오래 됐어도, 피차 서로의 공부가 바빠서임을 이해할 수 있어 편안한 도반.

이야기를 들어보니 정진에 진보가 없는 것에 대한 하소연이었다. 절망감, 좌절, 두려움 등으로 헤어나기 힘든 깊은 나락으로 떨어질 때가 많다고 했다. 강원을 졸업하고 20년 가까이 선원에만 몸담고 있는 도반이다. 근래에는 한 4년 남짓 처소를 옮기지 않고 한 곳에서 정진에 열심이더니 밤 10시가 넘은 시각에 불쑥 전화가 온 것이다.

정진이 순조롭지 못하고 마음고생이 많았지만 그래도 추슬러가며 이때까지 왔는데, 요즘은 심각할 정도로 자신감을 잃었으며 두렵기조차 하단다.

이 길을 가는 수행자라면 누구나 그런 과정을 거친다. 그런 과정을 거치며 수행에 더욱 몰두하게 되는지 그렇지 못한지는 각자의 몫이다.

아마도 도반은 50 고갯마루가 눈앞에 있는데 이렇다 하게 내보일

만한 건 없는, 오직 깨달음 하나만을 위해 고집스럽게 이제껏 왔지만 그 고집마저도 더 이상 부여잡고 있기가 벅찬 일종의 한계상황에 직면해 있는 듯했다. 도반은 말했다. 자괴감이라고.

나는 그 두려움을 이해한다. 해 저무는 막막한 벌판에 혼자 선 것 같은 두려움. 어디로 가야 할지 물을 사람도 없는데 날은 저물고 있다.

도반은 자신을 지나치게 과대평가했던 것이 아닌가 해서 능엄신주를 외우고 있다는 말도 했다. 능엄경에 나오는 능엄주는 10 몇 년 전에 돌아가신 큰스님 한 분이 당신의 제자들에게 외워 지니도록 가르치기도 했다. 전생의 부정적인 업들이 장애가 되어 금생에 수행이 순조롭지 못한 경우가 많으니, 그런 장애를 없애고 수행이 보다 순조롭기를 위해서라고 했다.

수행을 위해 별도의 진언 등을 외우는 일은 큰스님들마다 견해 차이가 있어, 화두 이외의 일체의 것을 긍정하지 않는 스님들이 많으며, 전화를 한 도반은 화두 하나만 하라는 가르침을 따르고 있었다. 그랬는데 하도 정진이 안 되니 자기의 근기를 실제보다 높게 두었던 게 아닌가 하는 생각까지 들어 자신의 근기를 한 단계 낮춰 잡고 능엄신주를 하고 있다는 얘기였다.

사람들과의 왕래를 끊고 지내다 보니 전화할 곳도 없어 밤늦은 시각에 내게 전화를 해 이런 넋두리를 한다는 말도 있었다. 누구 하나 속내를 털어놓을만한 이가 없는 그 막막한 고립감, 외로움도 나는 잘 이해한다. 내게도 그런 날들이 있었으므로.

슬픔, 고통이 망정의 하나이듯이 두려움, 걱정, 불안도 망정의 하나이다. 나는 이제 그걸 알아 어떤 일에 대해 걱정하고 있는 자신을 발견하면 바로 비추어 본다. 내가 어떤 일을 걱정하고 있는 건지, 왜 그게 걱정이 되는지. 그러면 어떤 욕구, 욕망 때문임을 안다.

어떤 성질의 것이든 욕망은 가장 대표적인 망정의 하나이다. 내가 어떤 욕구를 품었기에(망정을 일으켰기에) 이런 걱정, 불안, 두려움이라는 또 다른 망정이 있구나 하는 걸 알면 걱정, 불안 등이 가라앉는다. 더 좋은 방법은 내가 또 화두 놓친 걸 알고 바로 화두를 챙기는 것이다.

슬퍼하지 말라. 두려워하지 말라. 슬픔, 두려움은 단지 허깨비(망정)일 뿐이며 슬픔, 두려움을 느끼는 그놈 또한 가짜이다. 가짜에 속지 마라. 자성은 그런 것들에 눈곱만큼도 영향 받지 않는다. 내가 자성을 본 그때의 체험으로도 너무 분명하지 않았던가.

우리는 어떤 일로 몹시 화가 나 지나친 행동을 했을 경우, 그 화의 감정이 가라앉고 난 뒤 후회한다. 그 당시엔 그런 걸 돌아볼 겨를이 없었겠지만 나중에 돌아보면 화가 났을 때의 감정이 자기가 아니었음을 알며, 화 난 상태에서의 행동 또한 자기가 아니었음을 안다.

그렇듯이 슬픔, 두려움은 잠시 일어난 감정(망념)일 뿐이며, 슬퍼하거나 두려워하는 주체 또한 나가 아니다. 그런 까닭에 슬퍼하거나 두려워하지 말라고, 가짜에 속지 말라고 하는 것이다.

속지 않는 일. 불가능하거나 해내기 힘든 난해한 일 같지만 누구나 할 수 있는 일이다. 이 이치에 눈뜨지 못하고 감정(망정)이 이끄는 대로 살아온 업력, 몸과 의식에 배어든 습이 너무 깊어 있을 뿐이다.

이걸 해낸 이들, 인간의 본성 자리는 그런 망정, 시비 분별이 없는 청명한 가을 하늘 같음을 알고 그대로 살다간 이들이 부처 · 조사이다. 부처 · 조사는 저 먼 세계의 이야기가 결코 아니다. 우리 주변에 그런 사람들이 많지 않다보니 거의 불가능한 경지처럼 인식되고 있었을 뿐이다. 그릇된 인식을 깨고 본래의 상태를 보는 게 깨달음이다.

하지만 나는 도반에게 그런 말을 하지 않았다. 다만 한 번 불안, 두려움을 느끼는 놈이 누구인지 찾아보면 어떻겠냐는 말을 넌지시 했다. 도반은 그 말에 웃었다. 도반도 알 터였다. 그게 수행이라는 걸. 알면서도 되지 않는 그게 도반을 더욱 답답하고 절망스럽게 하고 있는 것이다.

2년을 같은 선원에서 함께 산 한 젊은 스님이, 꿈속에서 울다가 깨어보면 베개가 젖어있더라는 말을 한 적이 있다. 20대 중반에 출가해 11년 째 선원에 다니고 있는 그 스님은 무슨 일로 꿈속에서 울어 현실 세계의 베개를 적시나?

이제는 출가 수행자들에게조차도 흔한 일이 되어버린 외국여행. 그거 한 번 다녀오지 않을 만큼 자기 딴엔 정진에 몰두했건만 도무지 진전이 없는 것이다. 그 답답함 그 절망감에 운다고 했다.

부처님의 도는 아득하고 넓어 오랫동안 부지런히 힘써야만 성취할 수 있다고 했다. 그런가 하면 이 일은 사람의 마음을 바로 가리켜 성품을 보아 부처를 이루게 하는 것이므로 듣는 그 자리에서 보여주는 즉시 알아야 하는 것인 바, 한 모서리를 들어주었는데도 나머지 세 모서리를 돌이켜 알지 못하는 사람은 상대하지 않겠다는 말도 있다.

　옛 스님은 말했다. 아직 들어갈 곳을 찾지 못했다면 힘써 들어갈 곳을 찾아야 한다고. 그 말만 했을 뿐, 들어갈 곳이 어디인지는 말이 없다.

　어디인가 그곳은? 어떻게 해야 찾을 수 있는가? 낙엽 더미에 덮인 맨홀 뚜껑 같은 것인가? 아니면 누르면 어디선가 문이 스르르 열리는 비밀의 단추 같은 것인가?

　아니다. 화, 욕심, 집착, 분별을 놓고 뒤로 물러나 자기에게로 나아가는 일, 무심, 화두일념이 들어갈 곳이다. 뿐인가. 하려고만 한다면 모조리 자기가 깨달아 들어갈 곳이라고 했다.

48 육체란 이렇게 늙고 병들고 망가져 가는 거구나

괜찮은듯하던 왼쪽 허리가 다시 아파온다. 일어설 때마다 그쪽이 아파 선뜻 일어서지 못하고 엉거주춤 조심해 가며 천천히 일어선다. 벌써 열흘이나 되었을까.

몇 달 전에 좁은 공간에서 불량한 자세를 힘들게 유지한 채 빨래를 하면서 왼쪽 엉치뼈 부근이 뻐근하고 아프더니, 그때부터 아팠다가 좀 나아졌다가 한다. 나이가 들어가는 어느 날, 아무 생각 없이 무거운 것이라도 들다 허리가 삐끗해 내내 고생하게 된다더니.

육체란 이렇게 늙고 병들고 망가져 가는 거구나. 그런 육체를 나, 내 것으로 알아 먹이고 입히고 비위 맞추느라 한 세상 살아왔구나. 내 것이 아닌, 나완 상관없이 제 일정대로 늙고 병들고 망가져가는 그걸.

이 얼마나 놀랍고 허망한 일인가! 그걸 이제야 깨닫는다. 그토록 읽어도 실감하지 못하던 걸 이제야 안다. 내가 기껏 몸뚱이의 욕심이나 채우며 살아왔구나. 몸뚱이가 시키는 대로 하며 살아왔구나.

맛있는 걸 먹는 것도 몸뚱이의 욕심이요, 어디 여행이라도 가서 새로운 걸 보고 듣고 접하고 먹어보고 하는 재미들 역시 몸뚱이의 재미였구나. 그걸 사는 재미, 기쁨, 즐거움으로 알고 살아왔구나.

그런데 정작 이 몸뚱이는 어떤가? 50대의 나이에 들어서서 꺼칠해지고 시들어가고 있다. 늙고 쇠락해 가고 있다. 그런 몸뚱이를 위해 먹이고 입히고 구경시키고 재미를 쫓으며 세월을 보냈구나.

아아, 이런! 이렇게도 어리석은 일을 50 평생 해오고 있었다니. 글로만 알고 있던 걸 내가 이제야 아는구나.

이 몸뚱아나 위하며 살아온 게 참으로 어리석은 짓이었음에 내가 이제야 눈뜨는구나. 누구나 그 정도는 안다고 말한다. 그게 아는 게 아니구나.

공부하기 좋은 시절 다 보내고 이제야 이런 데 눈뜨게 된 걸 한탄해야 하는가. 이제라도 알게 된 걸 감사히 여기며 마지막 남은 힘을 다 쏟아 부어야 하는가. 그대, 체험되지 않은 진리를 진리라 말하지 말라. 그것은 그대에게 하나의 관념일 뿐이다.

나를 이끌고 움직여온 게 그저 일어난 하나의 생각이었을 뿐임이 다시 보이다.

홀연히 일어난 생각 생각들이 나를 움직이고 조종한 거다. 그 허깨비 망념에 끌려 다니며 화내고 좋아하고 집착했던 게 다시 보이다. 속지 마라. 끌려가지 마라. 화두 놓치지 마라. 더욱 화두 일념 하라.

다 나였다. 도고마성(도가 높아질수록 수행을 방해하는 마도 많아진다)이라지만 공부를 방해하는 마구니는 없었고, 내가 게으르고 내 망정들이 공부를 가로막고 있었다. 내가 망정을 지어내고, 내가 거기 빠져 있었다. 내가 한 일에 내가 끌려 다닌 것이다.

여기에 눈뜨고 이 흐름을 끊어 본래의 자기가 되는 게 무어 어려운 일, 대수로운 일, 큰일이란 말인가. 지극히 당연한 일, 일상의 일이어야 하지 않는가. 본래의 자기에 눈뜨는 그 당연한 일을 여태 못해내고 이렇듯 전전긍긍하고 있다니.

49 원오심요를 보다가 문득

원오심요를 보다가 문득 이런 생각 들다.

이 일을 해 마친 이들이 얼마나 절절한 마음으로 낱낱이 일깨워주고 있는가. 하나하나가 더 할 수 없이 천금같은, 그대로 진리에 이르게 하는, 몸소 체험한 바를 말하는 골수와도 같은 가르침이다. 원오 스님은 무슨 생각으로 이 글들을 썼을까? 무슨 바람이었을까? 그 순간 정신이 번쩍 들며 눈물이 핑 돌았다. 이렇게 간절히 일러주는데 아직도 눈뜨지 못하고 있으니.

원오 스님이 한 권의 책을 만든다는 생각으로 이 글들을 쓴 건 아니다. 스님에게 법을 묻는 선승과 당시의 사대부들에게 답서로 써 보낸 편지글, 그리고 멀리 길을 떠나며 지침으로 여길만한 가르침을 받고 싶어 하는 후학들에게 써준 글 등을 스님의 말년 혹은 사후에 제자들이 모아 책으로 펴낸 것이다.

송대에는 사대부들 사이에서도 참선이 유행한 관계로 상하권 143편의 글 중, 대략 4분의 1 정도 되는 32편이 사대부들에게 주는 글이다.

스님이 살았던 시대는 11세기 중엽 ~ 12세기 중엽의 북송 말 ~ 남송 초기. 거란 여진 등 이민족의 침탈과 내정의 실패로 송 왕조가 위기에 처한 때였다. 왕안석의 개혁이 실패로 돌아가고 정쟁이 거듭되던 시기. 그럼에도 재가자에게 주는 글, 출가자에게 주는 글을 막론하고 당시의 사회문제나 불교계에 있었던 사건 등에 관한 언급은 한마디도 없이 오로지 일대사를 해결하는 이야기로 일관하고 있다.

글 하나 하나가 나고 죽음을 뛰어넘는 일, 부모로부터 나기 이전, 시작도 없는 아득한 옛날부터 지금에 이르기까지 신령하게 밝아 있는 자기의 본래면목이 있음을 깊이 믿고 한결같은 마음으로 수행에 힘써 이 일을 밝히도록 하는데 있다.

곁에 두고 수시로 보다가 내용이 너무 좋고 나 혼자 이 좋은 가르침을 알고 있기가 송구해 몇몇 스님들에게 일독을 권해 봤지만 반응들이 시큰둥했다.

하긴 선문에 좋은 가르침이 어디 한 둘이랴. 지천으로 널려 있다는 말이 하나도 과장이 아니다. 다만 그 좋은 가르침들이 자기와 계합이 되지 않아 펄펄 살아있는 가르침으로 다가오지 않는 것이다.

내가 너무 이 책에 심취해 있는 게지. 그것도 병이랄 수 있는 건데. 공부 기간 중에는 경이나 조사어록도 보지 말고 오직 화두 하나만 의심하라 했는데 책이나 권하고 있으니.

같은 조사어록이면서도 원오심요는 화두선이 확립되기 직전의 글이어서인가 무심, 한생각도 나지 않는 경지, 일체의 시비 분별을 떠난 상태에서 자기의 본래면목을 보는 가르침들이 주를 이룬다. 그런 점들이 오직 화두 하나만을 의심해 가는 지금의 간화선 수행자들에게 낯설게 느껴져서일까.

그래도 읽어볼수록 내겐 많은 도움이 되는 가르침들이다.

'화두 하나만 타파되면 모든 게 해결되니 이제부터 화두 하나만 의심해라.'

수행자들은 그런 식으로 망망대해에 내던져진다. 어찌 보면 나침반도 없고 목표삼아 가야 할 지점도 모른다. 나침반, 목표가 없지는 않다. 화두 의심이 나침반이며 화두 타파가 목표이다. 그러나 수많은 수행자들이 그 망망대해에서 기약 없이 표류하거나 익사해 버린다.

최상승 근기들에게는 스승의 한마디가 그대로 언하대오의 기연이며, 혹은 나침반이기도 하고, 목표가 되어 이 한조실 스님 해마치게 되지만 세상에는 그런 최상승 근기들만 있는 게 아니다.

원오 스님의 편지글은 당시가 북송 말 ~ 남송 초기의 혼란기임에도 불구하고 사회 문제나 불교계의 사건 등에 대한 언급은 일체 없이 오로지 본래면목을 밝히는 일만 말하고 있다고 했다. 그 점은 마하리쉬도 마찬가지다. 어떤 면에서 마하리쉬는 오히려 더할지도 모른다.

마하리쉬는 간디와 동 시대의 인물이다. 대담에 나오는 기록들 중에는 예르와르 감옥에 갇힌 간디가 21간의 단식에 들어간다는 소식

이 신문에 난 직후, 두 명의 젊은이가 간디의 단식에 동참하기 위해 떠나기에 앞서 마하리쉬의 격려와 지지를 듣기 위해 마하리쉬를 방문하는 장면이 있다.

"마하트마께서는 지금 21일간의 단식을 하고 계십니다. 저희들은 바가반(마하리쉬에 대한 존칭)의 허락을 얻어 예르와르로 가서 그분이 하시는 기간 동안 같이 단식을 할까 합니다. 부디 허락해 주십시오. 저희들은 급히 가야 합니다."

"(미소 지으며) 그런 감정을 가지고 있다는 것은 좋은 징후지. 그러나 자네들이 지금 무엇을 할 수 있겠나? 자네들도 간디지가 따빠시야(고행을 포함하는 치열한 수행, 명상 수행, 혹은 수행 일반)를 해서 얻은 그런 힘을 얻도록 하게. 나중에는 자네들도 성공할거야."

인도 국내 문제뿐만이 아니다. 유럽에서 온 방문객이 스페인 내전, 중일 전쟁을 언급하며 묻는다.

"세상의 행복에 기여하지 않는다면, 진아를 깨달아 있는 것이 완전한 행복일 수 있겠습니까? 스페인에서 전쟁이 벌어지고 있고 중국에서 전쟁이 벌어지고 있는데, 어떻게 우리가 행복할 수 있습니까? 세상을 돕지 않고 진아를 깨달아 있는 것은 이기주의 아닙니까?"

"진아는 우주를 포함하는 동시에 그것을 초월한다고 그대에게 이야기 했습니다. 세계는 진아와 별개로 남아 있을 수 없습니다."

"깨달은 사람도 깨닫지 못한 존재와 똑같이 계속 살아가지 않습니까?"

"그렇지요. 그러나 깨달은 존재는 세계를 자기와 별개로 보지 않는 다는 차이가 있습니다."

"깨달은 존재도 깨닫지 못한 사람과 똑같이 세계에 전쟁이 벌어지 고 있다는 것을 압니다."

"그렇지요."

"그렇다면 그가 어떻게 행복할 수 있습니까?"

"영화의 화막이 불길이 타오르는 장면이나 바다가 노호하는 장면 에 의해 영향을 받습니까? 진아도 그와 마찬가지입니다."

영화의 불타는 장면에 화막이 불타지 않고 바다의 노호하는 장면 에 화막이 젖지 않듯이, 현상계가 진아 안에서 벌어지는 일이지만 진 아는 현상계의 일에 영향 받지 않는다는 말로 마하리쉬가 즐겨 사용 하는 비유이다.

고통은 분별심의 소산인 까닭에 분별심을 일으키는 마음을 소멸시 키면 고통이란 실재하지 않음을 알게 된다는 게 마하리쉬의 가르침 이다. 마하리쉬는 만약 진아를 깨닫게 되면, 자기 자신의 고통뿐 아 니라(세상의) 모든 고통이 실재하지 않음을 알게 될 것이라고 누차 강 조했으며, 그 당연한 귀결로 다른 사람의 고통을 없애주는 가장 효과 적인 방법은 진아를 깨닫는 것이라고 말했다.

그러나 사람들은 이해할 수 없으므로 묻는다.

"저희들은 이 세상 속에서 고통을 봅니다. 어떤 사람이 굶주리고 있다 할 때, 그것은 하나의 물리적 현실이며 그러한 현실로서 그것이 그에게는 매우 실재적입니다. 그런데 우리는 그것을 하나의 꿈이라고 하면서 그의 고통에 아랑곳하지 않아야 합니까?"

"……. 꿈속에서 배고픔의 고통을 느낀다고 할 때, 그 꿈이 계속되는 한 그 모든 배고픔의 고통은, 지금 그대가 이 세상 속에 널려 있다고 생각하는 고통만큼이나 현실적입니다. 꿈속의 그 고통이 실재하지 않았다는 것을 알게 되는 것은 오직 그대가 깨어났을 때입니다. ……. 그대가 진지(眞知)의 상태에 도달하여 이 환에서 깨어날 때까지는, 그대는 다른 사람들이 고통 받는 것을 볼 때마다 그것을 도와주는 사회적 봉사를 해야 합니다. 그러나 '내가 행위자다'는 생각 없이 해야 합니다."

금강경 말미에는 유명한 사구게가 있다.

일체유위법 여몽환포영 여로역여전 응작여시관
(一切有爲法 如夢幻泡影 如露亦如電 應作如是觀)
일체의 만들어진 것은 꿈 환상 물거품 그림자와 같고
이슬과 같고 또한 번개와 같다. 마땅히 이렇게 보아야 한다.

우리는 어떤 환의 세계에 갇혀 있는 걸까? 이 환의 세계에서 깨어나는 방법이 있는가?

방법은 다른 게 아니다. 한생각도 나지 않는 곳에서 자신의 생각들

263

이 그야말로 허깨비, 환임을 보면 되는 것이다.

한생각도 나지 않는 곳. 말이 낯설어서이지, 옛 조사들이 그토록 말한 언어도단 심행처멸(言語道斷 心行處滅)의 자리이다. 말길이 끊어지고 마음 작용이 멸한 자리.

마음 작용이 멸한 자리가 한생각도 나지 않는 자리 아니고 무엇이랴.

50 선근을 가진 보살은

본 지 오래 된 책을 뒤적이던 중에 책갈피에서 종이쪽지 하나가 떨어져 나왔다. 거기 적혀 있는 글이 사람의 마음을 강하게 잡아 흔들었다.

선근을 가진 보살은 비방을 참으며 업을 녹인다.
중생은 숙세의 업을 녹이는 기쁨으로 받아들이지 못하고
화를 내며 새로운 악업을 짓는다.

언제 어디서 보고 적어 거기 끼워 넣은 것인지 아무런 기억이 없다. 그때도 뭔가 사람의 마음을 움직이는 좋은 글이다 싶어 옮겨 적은 것으로는 보이지만, 기억조차 없는 걸 보면 이 가르침을 까맣게 잊고 제멋대로 화내며 살았다는 거다.

그게 또 사람으로 하여금 한숨을 쉬게 했다. 그저 한 번 보고 고개나 끄덕이고 잊을 가르침이 아닌, 이토록 사람의 마음을 잡아 흔드는 금쪽같은 가르침이건만 까맣게 잊고 살았다니.

멀리는 그만 두고 이 글을 적어 책갈피에 끼워 둔 뒤로도 얼마나 화를 많이 냈을 것이며, 그 화의 독으로 사람들에게 얼마나 많은 상처나 불편함을 줬을 것인가. 글에 있는 그대로 화를 내며 새로운 악업을 짓기는 또 얼마나 했을 것이며.

사람 사는 게, 수행이라는 게 다른 게 아니구나! 주어진 상황을 어떤 마음으로 받아들이고, 어떻게 행동 하는가에 따라 극과 극으로 달라질 수 있는 거로구나.

같은 상황인데 선근을 가진 사람은 화를 내지 않고 화를 다스리는 공부, 업을 녹이는 기회로 활용하며 기뻐한다. 그에 반해 중생은 화를 내며 새로운 악업을 짓는다.

이것이 부처와 중생의 갈림길이구나. 부처의 길을 그대로 보여주는 이 금쪽같은 가르침을 전에는 왜 모르고 살았을까. 봐도 건성으로 지나치거나, 좋은 가르침이라는 것 정도로만 알뿐 실천하지 못했으니.

화, 미움, 싫은 마음이 나게 하는 이들이 스승이라는 생각이 들 때가 있기도 했다. 그런 이들을 스승으로 보려고 애써 보기도 했고. 그러나 그게 쉬운 일인 건 아니었으니.

속에서 올라오는 화를 다스리며 진정 스승으로 여겨 감사한 적이 몇 번이나 될까? 몸 상태가 좋은 운동선수가 평소보다 좋은 성적을 낼 때가 있듯이, 이따금 착한 마음씨가 되어 정말로 스승이라는 생각에 마음속으로 감사해 한 적이 더러 있기도 했겠지만 화내는 일이 훨

썬 더 많았다.

화는 나, 내 생각이 있기 때문에 일어난다. 나라는 생각, 내 의견이 없으면 화가 일어날 수가 없다. 누가 아무리 싫은 소리, 불편한 말을 해도 그게 바람처럼 지나가버린다. 나, 내 생각을 세우고 있기에 그런 소리들이 거기 와 부딪치며 화를 내게 되는 것이다.

갓 출가한 사미 때도 나를 화나게 하는 사람, 상황들을 스승, 기회로 알고 화를 다스리는 공부를 하라는 가르침을 배우긴 했다. 이치로는 이해가 되어 고개를 끄덕거릴 수 있었지만 순간순간 얼마나 많은 화를 내며 살았을 것인가.

구한말의 큰스님 중의 한 분인 수월 스님이 북간도에서 지내는 기간 중에, 악독한 사람이라고 주위에 알려져 있는 한 젊은 주지의 밑에서 몇 년을 살았다. 그 못되고 악독한 사람 밑에서 얼마나 고생을 했느냐는 뭇 사람들의 말에 수월 스님은 이렇게 말했다고 한다. 인욕행을 하면서 업을 녹이는, 내 생애의 가장 행복한 기간이었다고.

몇 십리 길의 먼 곳에 장을 보러 다니는 걸 두고, 도력이 뛰어나 호랑이를 타고 다닌다는 소문이 있던 수월 스님이었다. 깨달음과 신통력은 별개의 일이지만 간도 땅에 들어서기 전, 조선에서 지내는 동안에도 이미 몇 가지 신이를 보이는 등, 도인 소리를 듣던 수월 스님이다. 또한 스승인 경허 스님에게 이미 견성의 인가를 받은 수월 스님이다. 그런 스님이면서도 몹쓸 젊은 주지 밑에서의 몇 년을 인욕행을 하고 업을 녹이는 행복한 기간이었다고 말했다는 것이다. 어쩌면 큰스님이라는, 도인이라는 상(相)을 버리는 공부기간이었는지도 모른다. 우리는 얼마나 견고한 아상 속에 사는가.

마음속에 시비 분별이 없어져, 좋아하고 싫어함이 없어야 한다. 보고 듣는 것에 마음이 동하지 말아야 한다. 자기가 누구라는 상에 갇혀 살지 않아야 한다. 황벽 스님은

> 지금 만약 마음속이 분분히 시끄러워 안정되지 않았다면, 배움이 비록 3승 · 4과 · 10지의 모든 지위에 이르렀다 해도 아직 범 · 성의 경계를 벗어나지 못한 것이다.

라고 했다.

양수 스님이 마곡 스님을 찾아뵈었을 때, 뵙자마자 마곡 스님은 방장실로 들어가 문을 닫아버렸다. 그가 의심을 품고 있다가 두 번째 다시 찾아뵙자 이번에는 마곡 스님이 채소밭으로 휙 가버렸다. 그러자 양수 스님은 단박에 깨닫고 마곡 스님에게 말했다.

"스님! 저를 속이지 마십시오. 스님을 찾아와 뵙지 않았더라면 일생을 12부경론(十二部經論)에 속아서 지낼 뻔 했습니다."

이 일은 닦아서 되는 것도 아니고 점차적인 단계를 밟아 얻을 수 있는 것도 아니라고 한다. 그렇다고 닦지 않으면 범부 중생일 뿐이라고 했다. 매사를 숙세의 업을 녹이는 기쁨으로 받아들이며 살다보면 양수 스님 같은 일이 생길까.

51 뒤돌아보는 그놈이 무엇인가?

'이뭣고' 화두에서 '이것'이 없음을 알았고 거기에 대한 의심은 없다. '이뭣고' 화두에서 의심할 근거가 사라졌지만 나는 여전히 '이뭣고' 화두를 한다. 의심이라기보다는 집중이다.

화두는 집중이 아니라 의심인데 집중을 하고 있다니. 어리석은 짓이니 화두를 바꿀까 하는 생각도 해봤다. 바꾼다면 무얼로 할까? 먼저 떠오르는 게 무자 화두였다. 조주 무자가 아니고, 왜 무아인가? 지금 이 나는 무엇이기에 무아라고 하는가의 무자 화두.

그러나 무아에 대한 의문도 사라졌다. 아직 부딪치는 모든 일들마다에 무아로 살고 있지는 못하지만 이제는 무아임을 의심치 않는다. 그러므로 왜 무아라고 했는가, 어째서 무아인가도 내겐 의심되는 일이 아니다.

거의 대부분의 화두들이 아직도 내게는 알 수 없는 이야기지만 그럼에도 '이뭣고'만큼 나를 강하게 사로잡는 주제는 없다. 내가 그만큼 '이뭣고'에 깊이 집착해 있는 건 아닐까 하는 걱정도 해봤다. 내가 어리석게도 자기 생각에 빠져 무모한 짓을 하고 있구나. 자기가 해온 화두에 대한 집착 때문에 의심이 아닌 집중으로 화두를 드는 어처구니 없는 짓을 하고 있다니.

그럼에도 아직은 화두를 바꿀 생각이 없다. 이걸로 한 번 끝장을 내보자는 생각이다. 해내지 못한다면 어리석은 집착 또는 자기 생각에 빠진 부질없는 몸짓으로 끝날 것이고, 해내면 달리 얘기될 수도 있을 것이다.

모험하기 위해서가 아니라 나는 이 방식으로도 깨달을 수 있다는 생각이다. 화두의 생명인 의심이란 결국 집중이라고 생각한다. 내가 조사관을 뚫는데 필요한 만큼의 집중을 할 수 있으면 해내는 것이고, 그렇지 못하면 우스갯거리가 되는 것이다.

한생각도 나지 않는 곳, 무심, 마음이 죽어버린 상태에 이르러 만날 수 있는 것들은 무엇이려나? 나는 세존과 선사들이 그걸 밝혀 놓았다고 믿는다. 선사들의 말이나 행동은 모두 그것에 대한 설명이라고 믿는다.

구하는 순간 어긋나고 멀어지니, 구하지 말라는 가르침을 내가 이제 이해한다. 구하지 않으면서 어떻게 이룰 수 있다는 건지 오랫동안 의문이었다. 이제는 안다. 구하는 마음도 망정이며 이루고자 하는 마음도 망정이라는 것을.

　부처는 집착이 없는 사람이며 구함이 없는 사람이며 의지함이
　없는 사람이니, 지금 분주하게 부처가 되고자 탐착한다면 모두

가 등지는 짓이다. 『백장 스님』

눈 밝은 도인이라면 마구니와 부처를 함께 처치해 버린다. 그대
들이 만약 성(聖)을 좋아하고 범(凡)을 싫어한다면 생사 바다에서
떴다 잠기곤 할 것이다. 『임제 스님』

　나는 선사들의 가르침이 마하리쉬의 최고 수준의 가르침들과 상통
한다고 본다. 마하리쉬는 사람들이 자기가 특정한 육체 속에 살아
있는 한 사람의 개인이라는 생각을 벗어나기만 하면, 개인적 자아
또는 영혼이 실재한다는 가정에 기초해 있는 모든 그릇된 관념들의
상부구조가 일거에 무너져버리고 진정한 자기에 대한 분명하고도
영원한 자각이 그 자리를 대신한다고 했다.
　그 경지에 이른 사람은 따로이 구할 게 없다. 아니, 구하는 게 없어
야 그 경지에 들어설 수 있다. 그 경지에 들어선다는 표현도 맞지 않
다. 우리는 항상 그 경지에 있다는 것이다. 자신이 아직 깨닫지 못했
다는 생각에 밖으로 깨달음을 구하는 그 어리석음만 버리면 된다고
했다.
　부처가 부처를 찾는다는, 소를 타고 소를 찾는다는 선사들의 말과
무엇이 다른가. 깨달음, 성스러움, 해탈, 그런 것들을 구하는 게 오히
려 부처에서 범부 중생의 나락으로 떨어지는 일임을 선사들은 투철
히 밝혀 알았기에 한사코 구하지 말라고 하는 것이다.

인간은 왜 죽음 이후를 걱정하고 구원을 바라며 극락 천당을 염원하고, 그걸 해줄 수 있는 존재로서의 신을 상정하고 거기 매달리는가? 인간의 운명을 주재하거나 죽음 이후를 책임지는 신 같은 건 없다는 무신론의 입장인 불교에서조차도 신은 곳곳에서 등장해 역할을 한다.

선사들과 마하리쉬의 말대로 태어나는 것도 환이고 죽는 것도 환이라면 구원, 내세, 신이란 무엇일까? 나는 선사들 마하리쉬가 인간의 이런 오랜 의문과 염원을 일거에 투철히 밝혀내고 해결한 인물들이라고 본다. 진아(깨달은 이)의 관점에서 보면 탄생도 죽음도 없고, 천국도 지옥도 없으며, 환생이란 것도 없다는 마하리쉬의 말은 선사들의 말과 다르지 않다.

최초의 부처인 위음왕불 이전부터 있어왔으며 지금도 그대로 존재하고 있는 자기의 본지풍광에 눈뜰 일이다. 그러면 인류 역사 이래의 삶과 죽음에 관련된 일체의 의문이 풀린다. 또한 죽음 이후의 불안, 걱정, 더 나은 곳에 나고 싶어 하는 염원 등이 망정이었음을 알게 되며 그러한 것들이 스스로 소멸된다. 인류사에 이런 일을 해낸 이들이 있는 것이다.

나는 이것이야말로 인간의 가장 위대한 업적이라고 생각한다. 지금까지 인간이 이뤄낸 모든 발견, 발명, 성취를 다 합친 것보다도 훨씬 뛰어난 업적이라고 나는 본다. 인간의 근원을 밝히고, 고통 슬픔을 근본적으로 해결한 것이며, 죽음 나아가 그 이후의 일을 해결한 것이다.

과학이 발달해 인류가 몇 백 광년 거리의 우주 어디를 다녀오고, 더 오래 살고 더 풍요로워지는 등, 삶의 양식, 질이 눈부시게 변화할지라도 인간의 근원적인 의문, 삶에서 떼어낼 수 없는 고통, 슬픔, 미래에의 두려움 등이 해결되지 않으면 인간은 끝없이 방황한다. 인간의 숙명처럼 여겨지는 이 방황에 종지부를 찍는 일, 인류사에 이것만한 혁명이 어디 있으랴.

석두 스님과 계합하지 못한 오예 스님이 하직을 하고 문에 이르렀을 때, 석두 스님이 그를 불렀다. 오예 스님이 뒤돌아보자 석두 스님이 말했다.

"평생 이것뿐이니 머리를 돌리고 뇌를 굴려 다시는 따로 구하지 말라."

그 순간 오예 스님은 크게 깨쳤다.

부르는 소리에 뒤돌아보는 그놈이 누구인가? 무엇인가? 그놈을 파악하라. 오직 이것일 뿐이라는 가르침이다. 이것에는 성스러움, 진리, 해탈이 없다. 성스러움, 진리, 해탈은 망정이다. 그러나 사람들은 부르는 소리에 뒤돌아보는 이 주체를 알아내지 못하고 여전히 밖으로 구해 치달린다. 인간의 비극은 거기에 있다.

52 금생에 반드시 해마치리

부르는 소리에 뒤돌아보는 이것에 눈떠라. 평생 이것뿐이니 머리를 돌리고 뇌를 굴려 달리 구하지 마라.

부르면 대답하는 그놈에 눈떠야 한다. 그게 무엇인지 알아야 한다. 그게 무엇인지 알아내는 일은 지식 이치로 되는 일이 아니다. 부처와 조사는 사람들이 오직 이 일에 눈뜨기만을 바랐다. 알려줘서 되는 일이 아니므로 길을 가르쳐줄 뿐, 오직 스스로 해내도록 했을 뿐이다.

양기 스님이 가르침을 청하면 자명 스님은 늘 말했다.

"그대 스스로 깨달아라. 나는 그대만 못하다."

양기 스님은 마음이 더욱 간절해져 갔다.

하루는 양기 스님이 자명 스님을 모시고 가다가 스님을 붙잡고 말했다.

"오늘도 말씀해 주시지 않으신다면 저는 스님을 때리겠습니다."

자명 스님이 말했다.

"그대 스스로 깨달아라. 그대 스스로 깨달아라. 나는 그대만 못하다."

양기 스님이 그 말을 듣는 순간 홀연히 크게 깨달았다. 임제종 양기파를 열어간 양기방회 스님이다.

운문 스님이 설봉 스님의 처소에서 지내던 중 물었다.

"무엇이 부처입니까?"

설봉 스님이 말했다.

"잠꼬대하지 마라." 혹은 "무어라고 지껄이느냐" 라고 했다고도 한다.

운문 스님은 바로 예배하고 3년을 지낸 뒤, 예로부터 내려오는 성인들과 실낱만큼도 다르지 않은 경지가 되었다. 그 운문 스님이 제자인 향림증원을 불렀다.

"원시자야."

증원 스님이 '네' 하고 대답하면 다만 물었다.

"무엇인가?"

원시자는 대답을 못하다가 18년만에야 알았다. 이에 운문 스님이 말했다.

"오늘 이후로는 다시는 너를 부르지 않으리라."

운문 스님은 18년간을 다만 한결같이 '무엇인가?' 하고 묻기만 했을 뿐이다. 그 향림 스님이 스스로 말하길 '40년 만에야 내가 한 덩어리를 이루었다.' 고 했다. 향림 스님에게서 지문광조가 있고, 다시 그 아래서 송고백칙의 저자인 설두중현이 나왔다. 설두 스님이 천의 스님에게 물었다.

"이렇게도 할 수 없고, 이렇게 아니할 수도 없고, 이렇게나 이렇게 아니거나 다 할 수 없다. 어떻게 하겠는가?"

천의 스님이 무슨 대답을 하려 하자 몽둥이로 후려쳐 내쫓았다. 그러기를 네 차례. 하루는 천의 스님이 물지게를 지고 일어서다 지게가 부서지는 바람에 홀연히 크게 깨쳤다.

부르는 소리에 대답하는, 대답하려고 애쓰는, 지금 알지 못해 물으려 하는 그것이 무엇인가? 알고 싶어 두리번거리는, 대답을 못하고 쩔쩔매는 그 주인공에 스스로 눈뜨는 일은 지식 이해의 범주를 벗어난 일이다. 그렇건만 사람들은 문자나 지식, 사량분별에 매여 있다. 여전히 지식, 분별을 쌓아올리며 그런 것들에 의지해 앞으로 나아가려고 애쓴다. 그것이 얼마나 헛되고 어리석은 일인지를 잘 보여주는 유명한 일화.

마음을 보아 바로 부처가 되게 하는 가르침이 있다는 말을 들은 고령 스님이 스승을 떠나 백장 스님에게 가 깨달음을 성취했다. 다시 스승에게로 돌아와 지내던 어느 날, 스승이 책상을 앞에 두고 앉아 경을 보고 있었다. 마침 방으로 들어온 벌 한 마리가 나가려고 애를 쓰며 창호지에 부딪치길 반복하고 있었다. 고령 스님이 스승을 일깨우고자 게를 읊었다.

공문불긍출(空門不肯出)　　열린 문으로 나가지 않고

투창야대치(投窓野大痴)　　　창호지에 부딪치니 어리석구나.

백년찬고지(百年鑽故紙)　　　백년을 옛 종이를 비벼댄들

하일출두기(何日出頭期)　　　어느 날에 나갈 기약 있으리오.

　단하천연 선사는 방이 춥다며 법당의 목불을 쪼개 불을 땠다. 그가 말하고자 하는 것은 무엇이었을까? 우리의 견고한 착각을 일깨우기 위한 조사들의 수많은 가르침, 일화, 깨친 기연이 오늘날 박제화 되어 있다. 그릇된 자기를 바꾸지 못하고 여전히 망념과 시비 분별 속에 살면서 선사들의 가르침을 박제화시키고 있는 것이다. 나 또한 그들 중의 하나이다.

　내가 아직도 이 일을 해내지 못하고 있구나. 아직도 이러고 있구나.

그림 희상 스님은

운문사 운문승가대학 졸업 후 동국대 미술학과에서 한국화를 전공하고
1998년 독일 브레멘 국립조형예술대학교로 유학하여 현대미술을 공부하였다.
현재 한국화가로서 동국대 미술학과에서 후학을 양성하고 있다.

축제

이번 생에 해내리

2009년 7월 29일 초판 인쇄
2009년 8월 5일 초판 발행

지 은 이 | 정 과
펴 낸 이 | 오세룡
펴 낸 곳 | 클리어마인드_(주)지오비스
등록번호 | 제 300-2005-54호
주   소 | 서울시 수송동 58 두산위브파빌리온 736호
전   화 | 02)2198-5151, 팩스 | 02)2198-5153
디 자 인 | 현대북스 051)244-1251

ISBN 978-89-93293-10-4   03810

정가 10,000원